LE BATEAU
D'HITLER

Pierre Turgeon

LE BATEAU D'HITLER

Boréal

Illustration de la couverture: Odile Ouellet

© Les Éditions du Boréal, Montréal
Dépôt légal: 3ᵉ trimestre 1988
Bibliothèque nationale du Québec

Données de catalogage avant publication (Canada)

Turgeon, Pierre, 1947-
Le bateau d'Hitler
ISBN 2-89052-258-X
I. Titre.
PS8589.U73B37 1988   C843'.54   C88-096435-9
PS9589.U73B37 1988   PQ3919.2.T87B37 1988

À mon père

Mais l'homme doit se vouer à sa patrie
À quoi bon révolte et regret?
Si son image est peinte au pavillon de l'Unicorne,
Ses os peuvent pourrir sur le champ de bataille.

Tu Fu (712-770)

Ce cri, nous le résumerons dans un mot que tous les vrais
Canadiens français sauront comprendre, après avoir été si
longtemps endormis: «Âme du vieux Québec, éveille-toi!»

Adrien Arcand,
Palestre nationale,
20 octobre 1933.

Dimanche soir, la radio allemande, au cours d'une émission
sur ondes courtes tout particulièrement destinée au Canada
français, a fait savoir qu'Hitler lui offre sa pleine et entière
indépendance.

Jean-Charles Harvey,
Le Jour, 29 juin 1940.

1

PREMIER CAHIER

J'ai décidé de ne plus attendre le moment opportun pour parler. Parce qu'il ne se présentera sans doute jamais. Je me passerai aussi de l'inspiration. Je n'attends aucun pardon, ni de Dieu ni de maître, seulement la paix que procure toute confession sincère. Après six ans de guerre, je déclare l'armistice et je signe ma reddition sans condition dans Berlin qui brûle derrière les carreaux fracassés de la Maison de la Radio (Reichsrundfunk), qu'ont déjà évacuée pour Dresde tous les services de Büro Concordia, qui émettait vers les Indes, la Calédonie, la France, la Norvège et le Canada français. Des télex démantelés, des machines à écrire et des cartons pleins de documents encombrent le hall d'entrée.

Les bras chargés de scénarios, de chemises et de disques de gramophone, les secrétaires se hâtent vers les camions et les voitures qui attendent dans la cour. Cherchant des camarades de travail que j'avais l'habitude de croiser dans les couloirs ou dans l'abri, je pousse avec confiance des portes familières pour ne voir qu'une chaise empoussiérée et sentir l'air frais venant d'une fenêtre fracassée.

La violence de l'artillerie soviétique nous a forcés, l'adjudant von Oven et moi, à nous réfugier à la cave. Il ne reste plus de charbon à brûler dans la cuisinière, pour réchauffer la chicorée. Nous fumons nos dernières Juno. Et ensuite, comme le générateur est tombé de nouveau en panne sèche, von Oven me quitte en jurant pour siphonner du diesel dans les réservoirs des panzers détruits. Je dispose donc de quelques heures de solitude. J'en profite pour me livrer à ce sabotage modeste, pourtant passible du peloton d'exécution, afin que survive mon histoire: j'écris à l'endos de ces documents qu'on m'a donnés à microfilmer, en allemand pour mieux me camoufler dans cette prose administrative teutonique dont j'espère qu'on saura extraire mon propre récit.

Peut-être qu'ainsi mes textes réussiront à sortir de l'encerclement. Personne ne sait encore qui emportera ces documents en provenance du bunker quand nous aurons fini de les photographier dans le seul studio encore opérationnel au centre de Berlin. Réquisitionné par la chancellerie!

Frissonnant devant le micro malgré mon manteau, mon chapeau et mes moufles, je répète que les orangistes se battent par l'intermédiaire de leurs Canadiens français, qu'un examen du front ouest prouve que ceux-ci occupent les secteurs les plus dangereux. Puis changeant la fréquence d'émission, je joue mon personnage de Gustave Chénier, partisan de la Laurentie libre, obligé de se cacher dans la forêt près de Québec pour échapper à la Gendarmerie royale. Car je suis censé émettre de là-bas, près de ma ville natale, et non pas du centre du Troisième Reich, de cette cité qu'entourent maintenant cent quarante divisions du maréchal Joukov, avec quinze mille pièces d'artillerie.

J'ai dormi dans la cave du ministère: les avions ennemis gênaient mon sommeil. Comment empêcher ma main droite de trembler? Ce matin j'ai envoyé quelqu'un remplir l'ordonnance de tranquillisants, en précisant d'aller chez Engel. Lui seul en est capable (tout sera prêt demain); même la pharmacie centrale des SS a du mal à s'en procurer: usines et laboratoires ont été bombardés. Ordre et funambulisme sont mes deux spécialités contradictoires. Personne ne connaît son visage d'avant sa naissance. Le présent me rattrape. Mon cadavre gît là, viande avariée, machine bonne pour la casse. Le monde n'a pas d'envers, pas de secret. Jouissance et calvaire. Le mouvement vers le miroir pourrait s'accélérer brutalement si ma situation devenait intenable. Je ne peux pas supporter de surmoi. Moïse, c'est gazé!

Je cache ce que j'écris dans une chemise noire, que je dissimule ensuite contre ma poitrine, sous ma vareuse sanglée d'une ceinture à mousquetons. Je dors un peu, et je descends au salon vert rejoindre Hofer. Assis dans un fauteuil Louis XVI, il alimente le poêle de faïence avec les souvenirs de famille de son maître Gœbbels, qu'il sort de voir dans une conférence des chefs de service, tandis que ses bottes boueuses dégoulinent sur l'épais tapis de Turquie.

Les flammes enveloppent les photos qui montrent le Doktor à sept ans dans un uniforme de matelot; elles dessinent une étoile noire au centre de ses bulletins de l'école primaire. Le teint de craie de Hofer, ses petites veines bleues qui palpitent sous les tempes, ses yeux injectés de sang, attestent qu'il ne dort plus et me donnent une bonne idée de mon propre aspect. «*Exoriare aliquis nostris ex ossibus ultor*», murmure-t-il en enfournant le papier derrière la porte de fonte. Non, les vengeurs ne voudront pas de nos os parce que nous serons tous incinérés. Un obus explose tout près, et les murs vibrent. Un peu de gravat tombe sur la photo que Hofer tient sur ses genoux. D'une chiquenaude précise, il nettoie la surface glacée. «Agissons comme si déjà existaient les caméras de la télévision en couleurs que nous promettent nos techniciens. Faisons de notre suicide une œuvre de propagande. Comment vous y prendrez-vous?» Je hausse les épaules: «J'improviserai.» Il grimace et claque la langue: «Tutt! Tutt! Il faut du cyanure.»

Sans un mot il sort de sa tunique une ampoule au goulot scié, dont il me fait sentir l'odeur de noisette brûlée, puis il souffle doucement sur l'embouchure. «Écoutez cette musique. Je m'en suis déjà servi pour mon chien. Concluant!» Il éclate de rire et consulte sa montre: «Je dois passer prendre de nouveaux documents au bunker. Assurez-vous qu'on ait tout microfilmé d'ici demain. Passez-y la nuit s'il le faut.» Clin d'œil et sourire en coin. «Je vais m'arranger pour qu'on nous confie la mission sacrée de sauver ces documents. Nous aurons même de la place pour votre femme !»

Je me garde de lui rappeler que j'ai eu l'idée de cette opération: rédemption par l'éternité littéraire des œuvres intimes d'Hitler, notées par trois sténographes au moment où il boit le calice jusqu'à la lie. Grand pisse-copie lors de sa réclusion en forteresse, après le putsch raté de Munich, il se sent de nouveau inspiré par ce Götterdämmerung. Ces *œuvres du diable,* avais-je suggéré à Hofer, il fallait les faire sortir de l'encerclement et les transmettre à la postérité avant que les Soviétiques les détruisent. Et pourquoi ne pas les transporter dans ma vaste, glaciale et lointaine patrie? Je n'avais pas prévu que le Führer continuerait à produire d'ultimes strophes et pénultièmes maximes et qu'il nous obligerait à attendre jusqu'au dernier moment.

L'opération nous permettra de ne pas mourir en combattant dans les ruines. En traîtrise, Hofer et moi n'avons plus de leçon à recevoir de personne. Neuman claque des talons: autre scribe au garde-à-vous, qui a troqué la crampe de l'écrivain pour le salut hitlérien. Cet instant précis où, le corps rigide, il aboie: Sieg!, lui sert, comme pour tous ses collègues, à dissimuler un pet. La puanteur me pourchasse jusque devant la fenêtre. Je presse les narines entre les deux panneaux de bois qui ont remplacé la vitre.

Dehors c'est la pleine lune. Des brouillards glacés montent des lacs périphériques. Pâques viendra tard en cette année 1945. L'acier vole dans toutes les directions à des vitesses supersoniques: obus, bombes, balles traçantes, Panzerfaust. Le tintamarre s'arrête un instant, et j'entends le vent dans un sapin, je respire l'odeur de sable mouillé qui monte du jardin —

mes jeux d'enfant à Québec à l'ombre des canons de Wolfe. Puis un seul coup de feu, dans le Tiergarten tout près, et le miaulement du ricochet.

Hofer se lève, de toute son énorme stature, étend les bras derrière lui comme un corbeau prêt à s'envoler, et Neuman se hisse sur la pointe des pieds pour lui enfiler le lourd manteau militaire qu'il porte depuis sa nomination au poste d'Obersturmbahnführer. Puis ils quittent tous deux pour le bunker. Moi, je remonte à mon bureau, et je continue à lire les cahiers qui me passent entre les mains.

Complètement obsédé par le sort de son futur cadavre. Hier Hitler a fait fusiller Fegelein, son beau-frère, qu'il soupçonnait de vouloir livrer son urne funéraire à l'ennemi. Meurs donc, bête immonde! Ton agonie se prolonge de façon vraiment trop obscène. Est-ce moi qui ai tracé ces lignes ? Oui, moi qui vais pouvoir enfin montrer mon vrai visage, dans cette défaite qui devient ma victoire.

Moi, qui veille à l'extinction de l'hydre, ce qui n'est pas encore accompli. Il pourrait s'en sortir vivant avec Baun, son pilote personnel, qui l'attend dans un hangar souterrain de Tempelhof avec trois Junkers long-courriers. Depuis que la firme Biderman a creusé à trente mètres sous la cour de la chancellerie le plus grand labyrinthe de l'histoire, je savais que le Fürher avait choisi comme décor du dernier acte ce serpent froid et gris, enroulé sur lui-même, encerclant de ses anneaux de béton trois ministères, et capable de recevoir dans ses entrailles ses plus fidèles partisans, ses dernières victimes.

Et je me rappelle ce qu'il avait écrit, dans sa

forteresse de Bavière, vingt ans plus tôt: «Si les choses tournent mal, au moment du danger suprême, je disparaîtrai.» Les bêtes ne se tuent pas. Il devait déjà avoir choisi sa sortie d'urgence. J'essayais de la deviner à travers son délire esthético-politique.

Moi, Adolf Hitler, en ce jour de mon cinquantième anniversaire, je ne sais rien de rien, pas même si je suis humain. Je n'ai jamais vu mon visage directement. Jamais parlé avec un autre organe qu'une langue. Traduttore traditore. Je ne suis pas sûr d'avoir eu des parents, que les gens existent quand je ne suis plus là, que je vais disparaître après ma mort. J'aimerais ne rien vouloir, devenir pesant, figé, prévisible. Mais il y aura toujours une fraction de seconde où je ne saurai absolument rien de ce qui va arriver. Je saigne du nez. Ma dose de cocaïne me manque. C'est l'aube à Berlin. J'attends les Russes. Je voudrais qu'on me dépossède. Je voudrais devenir un homme sans affaires.

Légère conjonctivite, sans doute due au vent et à la poussière, car il y a beaucoup de ruines et de gravats dans la cour. On m'interdit de lire, mais je n'obéis pas à ces conseils. Je refuse également de porter une visière protectrice. Moi, l'air d'un comptable! Évidemment les longues heures consacrées à l'examen des cartes ne m'aident pas. Avant mon incarcération en forteresse, je m'étais fracturé le bras gauche, mais j'ai pu en retrouver l'usage grâce à des exercices acharnés. Ils veulent voler mon cadavre, les traîtres. Et les fours de Dachau qui se sont éteints! Et ces imbéciles de la Gestapo qui laissent filer tout le monde: un instant messieurs, je vais chercher de la glace à la cuisine, pour votre cognac. Et ils disparaissent. Le cercueil ronronne comme un frigo derrière mon épaule.

    Je n'arrive plus à bander depuis Stalingrad. Pour me distraire, je voudrais lire tout Heidegger, ou m'acheter une salle de torture médiévale. Ne cache pas le bout de ta cravate sous ton pantalon, me disait Kubizek à Vienne. Seulement les paysans font ça. Au sommet de mon pouvoir, je n'avais plus besoin de penser. Maintenant je le dois, et ça me gâche l'existence. Mais j'ai encore des trésors de cruauté, comme Job sur son fumier. Et dessous ce tas, une position de retraite préparée à l'avance. Personne ne s'en apercevra. Ni vu ni connu. Dommage que ce peuple n'ait pas été digne de moi. Je prendrai le métro à la station Grosses Stern. J'ai mon entrée privée, une galerie de 10 000 mètres. Pas besoin de mettre le nez dehors, de m'exposer à la capture. Ils m'enfermeraient dans une cage au zoo.

La transposition littéraire n'arrive jamais à cacher le museau de la réalité. Il délire complètement? Peut-être. Mais le risque est trop grand que son architecte lui ait construit une sortie d'urgence qui n'apparaît pas sur les plans officiels. Je transmets cette information en code lors de mon émission que Radio-Berlin s'entête à diffuser vers le Canada, dans un raidissement cadavérique de sa volonté de puissance.

«Ici von Chénier qui vous parle directement de Berlin. Je ne m'excuse pas de brouiller vos ondes pour vous annoncer que la guerre continue, malgré toutes les rumeurs contraires. Tapi depuis plus de deux ans dans un abysse devant le cap Éternité, notre U-Boot commence lentement à refaire surface. Des bulles s'échappent en glougloutant de sa coque d'acier, construite pour mille ans par un armateur de Brême. Le commandant Kohl, qui a déjà coulé vingt-trois de vos esquifs, nous informe que ses torpilles sont toutes en parfait état de marche; rappelez-vous, habitants de Mingan, comment vos armoires s'ouvrirent, votre vaisselle paysanne tomba sur le sol rustique de vos chaumières; l'air épais et âcre de vos cuisines s'échappa par les fenêtres fracassées dans la nuit où une de nos torpilles, ratant un destroyer d'escorte, avait frappé la falaise à l'entrée de votre rade insignifiante. L'histoire vous frôlait, et vous frissonniez de peur. Alors je vous le répète maintenant comme en ce glorieux automne 1941: habitants de Québec, retournez chez vous, abandonnez les femmes aux caresses brutales de nos soldats. Entassez tous vos biens dans vos bateaux et regagnez le pays de vos ancêtres en remontant le majestueux Saint-Laurent, plus grand que nos plus grands fleuves d'Allemagne, vite avant que le U-Boot ne crève les flots glauques de son périscope impitoyable et ne vous envoie rejoindre les équipages du Charlottetown, du Rivière-des-Prairies, du Cap-Chat. Pour ceux qui croiraient à un bluff de notre part, je mentionnerai simplement qu'hier, à l'hôtel de Paspébiac, l'orchestre a joué à la fin de la soirée du Glenn Miller. Notre réseau d'informateurs nous apprend également que Mackenzie King a passé la nuit dans les bras de sa maîtresse chérie, et qu'il ne faut rien croire des mensonges que vos journaux impriment sur notre bien aimé Führer, qui est un bon catholique avec une dévotion spéciale pour la Vierge Marie.»

Fin de ma transmission. De l'autre côté de l'Atlantique, dans le centre d'écoute de Montréal, on doit déjà apporter l'enregistrement de mon émission à mon demi-frère, le capitaine Perceval Perkins, pour qu'il le décode. Ce que les Alliés feront de cette information ne me regarde plus. Je rentre me coucher avec Lizbeth dans la cave de notre villa où j'ai descendu notre matelas. Nous nous frigorifions jusqu'à la moelle sous la voûte blanchie à la chaux. Je risque un regard hors des couvertures et déjà les frissons me ramènent en position fœtale. Je voudrais une soupe bien chaude, un peu de tourbe pour le poêle du salon, un sommeil que ne troublerait aucun tir d'artillerie. La nuit se déplace très rapidement sur la terre, elle fait tourner son hémisphère d'ombre et de cauchemars, elle se souvient du cidre qu'on buvait au temps du roi Arthur, du cri des tyrannosaures naissants dans les marais volcaniques, de la première cellule végétale.

DEUXIÈME CAHIER

Nouvelles formes, nouvelles cosmogonies. Je suis une V1 qui fuse vers les étoiles avant de retomber sur une cuvette de w.c. de la région londonienne. Je suis l'arme secrète d'une victoire de plus en plus secrète, inventée par des ingénieurs déments. Ma chair brûle comme le carburant d'un enfer intime. Débarquant au Canada, mon ancêtre sortait presque des cathédrales. Il se retrouva sous une lune de soufre, dans un pays où les loups rongeaient les croix du cimetière et d'où les croassements païens des corbeaux chassaient les anges. Sa femme, ligotée à une chaise que recouvrait sa jupe de toile maculée de sang, eut les yeux crevés et les ongles arrachés par les Iroquois.

Son monde s'écroula qu'il avait mis dix ans à construire après son évasion de La Rochelle, après la traversée sur la Capricieuse, les rations de lard pourries, l'horizon qui se peuplait d'une terrible nuée de moustiques et de Sauvages. Ils l'avaient attaché à un arbre, tout en se délectant de l'eau de vie qu'ils avaient pillée dans le poste de traite, et une jeune fille lança un tison sur le bûcher. Plus tard, on a exhumé les ossements calcinés du sieur Chénier pour leur donner une sépulture chrétienne.

Je suis né à Québec, en 1917, à l'intérieur des murs fortifiés, à l'ombre de la porte Saint-Jean. J'ai joué dans ces rues étroites, pleines de l'odeur du crottin et de l'écho du trot des chevaux, comme dans la cale bien abritée d'un fabuleux galion de pierres, amarré à l'endroit exact où le fleuve devient mer, par une transsubstantiation aussi mystérieuse que celle du vin en sang. Gazé par les Allemands, mon père avait perdu dans les tranchées d'Ypres une partie de ses poumons. J'avais trois ans quand il sortit du sanatorium, six ans quand il revint de New York avec son diplôme d'ingénieur électricien, ce qui lui permit de se trouver du travail comme sous-directeur d'une centrale au nord de Québec, à Saint-Gabriel, sur le bord de la rivière Cartier. Ce fils de médecin considérait secrètement le génie civil comme une déchéance sociale, qu'il espérait racheter en faisant fortune à la tête d'une entreprise hydro-électrique.

Ma mère, Virginia Perkins, l'avait épousé pendant une permission au début de la guerre, contre la bienséance du deuil, puisqu'elle n'était alors veuve que depuis deux mois d'un lieutenant canadien-anglais, mort éventré à côté de mon père pendant une charge à la baïonnette. Se sentant investi de la mission de consoler cette protestante à la magnifique chevelure rousse, il lui passa la bague au doigt devant un autel catholique, l'aima le temps de me concevoir, puis l'embrassant, elle et mon demi-frère Perceval alors âgé de cinq ans, il repartit faire son devoir de héros pour l'Empire.

À son retour, il interdit à sa femme de revoir sa famille et de prononcer un mot d'anglais sous son toit. Cette tyrannie ne pouvait pas durer. Bientôt Virginia et Perceval nous quittèrent pour s'installer chez mon grand-père maternel. De sorte que je fus élevé en français, et par des bonnes. Et mon frère en anglais. Durant les vacances, je passais des journées entières à la centrale, entre les transformateurs et l'énorme araignée étincelante de la turbine à hélice, vautrée au bas de la chute. La passerelle trépidait, le vrombissement suraigu des machines nous déchirait les tympans comme un avion sur le point de s'envoler. Perché sur les épaules de mon père, je m'agrippais à sa tignasse.

L'eau vaporisée de la cascade rafraîchissait nos épidermes brûlés par le soleil. «Regarde, ce sera à toi!» Il lâchait mes chevilles pour embrasser d'un large geste les pylônes qui couraient sur leur empattement, avec les câbles à haute tension au bout de leurs bras en treillis, tout ce matériel qu'il venait d'acheter grâce d'un prêt bancaire. Sautant d'un arbre à l'autre, des corbeaux nous précédaient de leurs cris discordants; des gouttes tombaient des sapins encore mouillés sur l'étang, et leurs ronds se distinguaient mal de ceux des longues pattes des faucheux qui glissaient par saccades. Je courais sur la pelouse mouillée; le soleil giclait sur la pointe des sapins; les pétales jaune et noir des pensées entouraient la véranda d'un écrin de velours.

Le soir, mon père, qui cherchait à se lancer à son

compte, menait des expériences à la centrale. Il tentait d'améliorer la turbine en incurvant et rapprochant les pales, et à minuit il testait son prototype, ce qui provoquait souvent des pannes de courant. La bonne allumait d'avance une bougie dont l'oscillation languide nous bercerait jusqu'à la résurrection de l'ampoule de 60 watts: éblouissement qui m'arrachait à mes premiers rêves, qui reconstruisait le salon autour du filament dressé dans son gaz inerte. Des anges traversaient les murs, couchés dans le vide avec des sourires énigmatiques sous leur chevelure pleine d'étincelles; des castors tapaient avec fracas leur queue plate sur le tapis. Mon enfance s'écoula ainsi dans un enchantement moderne. Mon père était un porteur de lumière, un Lucifer dont la magie éclairait les vitrines des grands magasins.

Mon nom de guerre de von Chénier, je l'ai emprunté à mon illustre ancêtre Jean-Olivier Chénier, que les soldats de John Colborne tuèrent de deux balles quand il s'enfuyait de l'église de Saint-Eustache en flammes. Alors qu'il perdait son temps à la faculté de médecine, mon héroïque et hypothétique trisaïeul (nos liens généalogiques demeurent flous) aurait mieux fait de suivre les cours de Carl von Clausewitz qui enseigna à l'École militaire de Berlin de 1818 à 1830. Les théories du général prussien lui auraient appris qu'à la guerre «les probabilités de la vie réelle prennent la place de l'extrême et de l'absolu du concept», lui évitant ainsi de se ridiculiser militairement en s'enfermant avec ses quatre cents hommes dans un temple catholique consacré à un saint martyr du IIe siècle qui, augure funeste, périt étouffé avec sa famille dans un tonneau de bronze sous lequel on avait allumé le feu.

Quoique piètre stratège, le chef indépendantiste ne méritait pas que l'Église refusât de l'inhumer en terre consacrée. Elle le fit pourtant, se déshonorant elle-même en cherchant à humilier un de nos rares héros. Témoin de ce cafouillage clérical et guerrier, lord Durham, ancien ambassadeur britannique à la cour d'Alexandre V à Saint-Petersbourg, et nommé dictateur du Canada par la jeune reine Victoria, nous assura que nous n'avions pas d'histoire, que nous n'existions pas, et que notre essence purement virtuelle, il fallait que la couronne l'extirpât pour éviter d'autres ennuis en Amérique du Nord. Cette défaite ancienne m'humiliait chaque fois que j'entendais les ordres aboyés en anglais aux tuniques rouges à bonnet noir qui serraient les rangs sur la pelouse des plaines d'Abraham, devant le monument de Wolfe notre vainqueur, devant aussi mon grand-père, le colonel Perkins, qui commandait la garnison, et que je n'avais pas le droit d'approcher depuis la séparation de mes parents. Je commençais à croire en un pays qui nous aurait appartenu, qu'avec des camarades j'appelais Québec.

Cette idée ne me venait pas de mon père. Quoique anglophobe, il demeurait fédéraliste et antinationaliste. Les oreilles bouchées par son sentiment d'infériorité, il restait sourd aux chants de sirènes de l'indépendance. Mais cet Ulysse laurentien voulait sa propre destruction et il entraînait son fils dans le naufrage.

Alors qu'en ce Berlin qui vole en morceaux on

pratique la haine du Juif, lui m'enseignait le mépris de notre propre peuple. Cette condamnation présentait un caractère rédhibitoire et métaphysique, car elle ne visait pas uniquement notre accent provincial, voire moyenâgeux, ni la corrosion fatale de nos vocables par l'anglais, ni la difformité syntaxique de nos phrases, mais aussi une absence d'âme. Ainsi donc ce peuple relevait de la sous-humanité, d'une psychologie de bétail, d'une sociologie de marécage, d'une histoire de l'imbécillité.

Le moindre Français, avait-il l'habitude de dire, même ouvrier, pauvre et soûl, s'exprimait mille fois mieux que le plus habile orateur canadien. Il ne niait pas qu'une écume flottait sur cette fange, qu'une mince intelligentsia y surnageait, mais elle s'apparentait davantage à un mouvement des entrailles qu'à celui de l'esprit. Le relevé cartographique de mon père me situait à distance égale du néant et de l'ineptie: ou je savais ce que j'étais, et j'appartenais à un troupeau d'ânes, ou je m'échappais de l'enclos, mais alors plus personne — moi le premier — ne pouvait plus dire ce que j'étais.

Les étrangers non plus ne trouvaient pas grâce à ses yeux. De l'Anglais insolent, inculte et gauche, à l'Allemand borné, fanatique, cruel et froid, en passant par le Français impie, ivrogne et mesquin, le Juif cupide et avaricieux, l'Américain gras et dégoûtant, c'est l'humanité entière qu'il foudroyait pendant les repas, alors qu'il fixait un œil sur l'inaccessible idéal et l'autre sur celui qui l'exaspérait par un coude posé sur la nappe, par une bouche qui osait mâcher. Pour échapper à sa colère et à ses gifles, je me statufiais, mais l'immobilité absolue ne convenait qu'un moment, puisqu'on me demandait aussi l'ingestion d'aliments placés dans diverses assiettes, et que mes muscles rigidifiés me condamnaient à renverser verres, cruches et saucières. Je retenais mon souffle à mesure que s'élargissait la tache aussi outrageante que le sang sur le saint suaire, qu'elle progressait vers le rebord de la table, suivant la capricieuse topographie des plis de la nappe et des salières, pour enfin dégouliner sur le lino de la cuisine, et alors aux flocs liquides se mêlaient les claquements secs des coups sur ma nuque.

Du fond de notre triple abîme, humain, national et familial, comment aurais-je pu formuler la moindre pensée valable? Je ne le pouvais pas! Seul le chapelet occupait mes lèvres à des tâches qui ne fussent pas profanatrices. Jésus mort sur sa croix. J'ai passé mon enfance à adorer un cadavre. Mais le véritable cadavre, c'était moi, et non pas le Christ de plâtre acheté lors d'un pèlerinage à Sainte-Anne; cloué par les regards de mon père qui ne s'agenouillait pas à mes côtés, mais s'adossait au mur du couloir pour rectifier d'un coup de pied à l'arrière des cuisses le moindre relâchement de mes dévotions.

Plus que la religion, c'était l'histoire militaire qu'il me proposait en exemple pour m'arracher à notre turpitude. Sur les murs du salon, les portraits de Napoléon, de Mussolini et d'Hitler contemplaient les proies qu'ils déchireraient à coups de dents, ainsi que le supposait l'avancée puissante de leur mâchoire. Quelques phares — Beethoven, Hugo et Péguy — complétaient ce panthéon des rares humains à avoir

accédé à la pensée. J'étais peut-être condamné à devenir funeste et fasciste. Mais j'apprenais aussi le goût de
la liberté.

Je me rends compte que je le noircis. Grâce lui
soit rendue: il m'enseigna l'orthographe pour laquelle il éprouvait un respect fanatique. Ses dictées se
ponctuaient de coups de règles sur les doigts à la
moindre faute, et je sens encore son souffle chaud sur
mon cou, tandis qu'il se penchait pour mieux lire
dans mon cahier, et que j'hésitais sur les lettres à
former. Pas trop longtemps, car l'inaction aussi était
punie.

Admirateur du Führer, il m'inscrivit à des cours
privés d'allemand, ce qui me permit de dissimuler
aux frères de mon collège les doutes religieux que je
consignais dans mon journal intime. Ainsi c'est avec
les mots de Nietzsche qu'en 1935 je m'avouai ne plus
croire en Dieu. «Gott ist tot», criai-je en lançant, par la
fenêtre de ma chambre d'étudiant, un chapeau à
large bord, imprégné autant d'idées que de sueur,
volant suivant une trajectoire elliptique avant de choir
dans la neige.

Le relatif, le zéro triomphaient. Avec la doctrine
aquinienne des nombres, s'écroulait la Cité de Dieu,
que je voyais, comme San Francisco en 1905, pleine
d'agioteurs exploitant le cours des changes théolo-
giques, ignorant que la terre même se dérobait sous
leurs pieds. Déjà s'engouffraient par cette brèche la
guerre totale, l'art pour l'art et le «vivre, c'est vendre».

Quand j'eus l'audace d'exposer les critiques
kantiennes des preuves de l'existence divine, les
frères m'enfermèrent dans un réduit souterrain, au

centre duquel un trou donnait sur les égouts. Ils avaient placé ma machine à écrire sur une table boîteuse. Dans une odeur nauséabonde, je devais rédiger avec humilité un acte de contrition. Je craignais que ne grillât soudain l'ampoule nue au plafond; dans les ténèbres, j'aurais alors dû tâtonner vers la porte, sans autre repère pour éviter le puits béant que la fraîcheur et la puanteur qui en émanaient. Je n'écrivis rien du tout, et l'on dut me libérer.

Derrière les portes vitrées du boudoir qui lui servait d'officine, mon père déformé, multiplié par les carreaux de verre taillé. Il portait un uniforme bleu marial, et un brassard avec la croix gammée. J'étais pétrifié de honte. Cigare à la bouche, il rêvait à voix haute. Il financerait, disait-il, l'impression de tracts du Parti National Socialiste Chrétien. Il créerait avec des amis un Ordre Nouveau. Il m'emmena dans des assemblées. Le fracas des bottes scandait les discours patriotiques dans des salles paroissiales: saluts trépidants, chemises trempées aux aisselles, Sacré-Cœur de plâtre sur piédestal à corniche corinthienne, avec ses bras de Juif levés pour bénir ses fidèles antisémites; soutanes tachées de sang par les coups qu'assenaient les ouailles aux communistes arrivés fraîchement de Pologne ou d'Italie. Tout cela me semblait d'autant plus minable et ridicule que ces piliers de taverne obéissaient à la branche britannique du nazisme.

Cette fièvre politique servait d'exutoire à la rage que mon père éprouvait en voyant s'écrouler son entreprise lourdement endettée. Le fascisme le consolait de son désespoir. De sacré, il ne connaissait que l'argent, qui circulait partout à une vitesse infinie, et dont les trajectoires dessinaient l'univers et ses arcanes, comme une pointe bille qui passe et repasse sur une feuille. «Comme je refuse de me vendre à eux, répétait-il, les Anglais me tuent.» Quand la banque rappela son prêt, il vida les tiroirs de son pupitre et brûla les plans d'une nouvelle turbine, attendit que les huissiers apposent les scellés puis, sans un mot, les mâchoires crispées sur son chewing-gum, il descendit à la salle des machines. Il empoigna le câble à haute tension de l'alternateur et mourut calciné dans son costume de tweed à l'odeur de roussi. Dans le changement de tension de l'ampoule de ma chambre, j'avais pu sentir mon père qui tressautait sous la décharge de 150 000 volts.

Le monde coulait comme une souffrance interminable. La pensée dans la chair, comme l'hameçon dans le poisson: tirer patiemment la ligne, le bref éclair argenté bondissait au-dessus de l'eau écumeuse, et INRI mystère christique, utérus vierge. Touchez ses plaies, mon père était revenu d'entre les morts. De sa voix sereine et calme, son amour fixait l'ordre des planètes. Il pleurait sous le linceul de toile. La violence roulait au fond du ciel: les étoiles étaient des cris. L'eau calme sous le bec tranchant des cormorans; les poissons lunaires offraient leurs entrailles aux augures fatidiques. Mon père enroulait un chiffon noir et blanc à son poignet gauche; son sourire semblait taillé par un coup de sabre dans un sac de farine. Les insectes de cette torride nuit de juillet m'assaillaient au cimetière.

Des miliciens de l'armée populaire du Québec

s'entassaient sur un radeau: tricornes déformés, uniformes en lambeaux et fusils archaïques. Sur la plage grise, un carré de fantassins, porc-épic de baïonnettes, les attendait. Un ordre sec, Fire!, et l'embarcation ne comptait que des cadavres que le courant remportait dans le brouillard au large. Pourtant les massacreurs ne quittaient pas leur poste; d'un geste unanime, ils rechargaient leurs armes, car voici que faisait son apparition un nouveau radeau, ou peut-être le même avec les morts que le brouillard aurait mystérieusement ressuscités. Feu à volonté! Cette scène se répétait aussi implacablement que les vagues qui maculaient d'une eau rougie de sang les brodequins de l'officier perruqué — mon grand-père maternel — qui brandissait son sabre pour commander les décharges successives.

Sur la grand-place de la Québec céleste, des dalles translucides, d'un verre laiteux, s'allumaient d'un éclat rouge quand on leur marchait dessus, le dimanche, pour la promenade familiale, en costume du XVIIIe siècle, avec robes à guêpières, crinolines, parasols de soie brodée de bergeries et redingotes de velours à passementeries. Sous chaque dalle éclairée de l'intérieur par des ampoules électriques, le crâne sectionné d'un des combattants du radeau racontait son existence, et c'était là que j'écoutais la tête de cire de mon père — criante de vérité — me confier que nous aussi étions des êtres humains. Ni plus, ni moins.

Singulière ironie pour l'indépendantiste québécois que j'étais devenu: le colonel Perkins, mon grand-père maternel, ressemblait au général Wolfe, du moins aux quelques portraits qu'on a conservés du vainqueur des plaines d'Abraham. J'avais moi-même une tignasse rousse et je pouvais parler anglais. Pour plusieurs, cette hybridité était le signe d'une duplicité. «Vendu! Traître!», me lançait-on. Loin de m'aliéner la cause nationale, ces insultes augmentaient ma ferveur comme si mon zèle pouvait effacer mon péché originel. C'était la race de mon père que je voulais exalter, libérer. Elle dont se moquait ma famille maternelle, au cours d'interminables litanies que je devais supporter en silence maintenant que ma mère m'avait récupéré. «Grenouilles. Toujours de grands gestes. Que d'émotions! Des moulins à paroles! Pas de sens des affaires. Et sur les champs de bataille: des lâches. Cowards!»

Mon grand-père devait savoir de quoi il parlait, puisqu'il avait commandé en 1917 un peloton chargé de rétablir l'ordre dans la ville de Québec ameutée contre la conscription. Il avait eu le courage de donner l'ordre à ses hommes de tirer sur une foule désarmée. Quinze morts sur le pavé. «French Canadian cowards!», disait-il en plissant ses yeux d'un bleu délavé, derrière la fumée de sa cigarette qui montait de ses lèvres arrondies.

Un matin de printemps où le colonel commandait l'exercice de ses troupes, un énorme glaçon tomba d'une corniche et le tua net. Vengeance de Dieu contre ce mangeur de catholiques, évidemment. Veuf, il laissait toute sa fortune à sa fille unique, Virginia, qui put ainsi continuer à placer ses deux fils dans des pensionnats, l'un luthérien, l'autre janséniste.

Pas plus que son veuvage, cette mort ne changea grand-chose à son existence. Elle continua à faire photographier sa beauté vaporeuse dans les jardins du Parlement. Je devinais son amant au regard qu'elle tournait vers l'objectif, sur ces clichés cartonnés qu'elle nous montrait durant les vacances.

À vingt ans, Perceval embrassa la carrière militaire. Visage insolent, uniforme kaki, faux accent parisien, champion de cricket et de tennis, buveur de thé, lecteur de Lewis Carroll, fanatique de la chasse à courre et de la nage en eau glacée, il m'invitait à participer avec lui à la traversée en canoë du fleuve gelé. En 1935, il nous quitta pour un séjour en Extrême-Orient et dans les Balkans, comme attaché militaire et agent de renseignements.

La même année je déménageai à Montréal où, par l'entremise d'un professeur, je trouvai du travail comme journaliste. Chiens écrasés, médiums et ectoplasmes, odeur d'encre et de sueur des heures de tombée, trois feuillets par jour pour les petits malheurs du petit peuple, mon nom imprimé à des milliers d'exemplaires. Je scrutais la nature humaine à l'aide des faits divers: meurtres, rixes, noyades, émeutes; l'oreille vissée au téléphone, j'attendais que se calmât la respiration haletante de la nuit. Sur le fleuve, l'aube s'ouvrait comme une noix qu'on brise.

Dans mes cauchemars, des corps nus dessinaient les lettres de mes articles: ici une femme enfourchait son amant qui, debout, tendait les bras devant lui, pour représenter un F; une adolescente se prostrait aux pieds d'un vieillard, ce qui donnait un E. Des millions d'acrobates en sueur se contorsionnaient en positions alphabétiques, et un déferlement d'orgasmes lilliputiens déterminait l'évolution de mes récits.

J'examinais à la loupe les visages de cette marée humaine: bouche ouverte, langue sortie et frétillante, traits déformés par la jouissance. Les mots s'écrivaient tout seuls, ils me traînaient enchaîné derrière un char au milieu d'une foule qui me couvrait de quolibets et de crachats, les bras tirés vers l'avant, les poignets cassés au-dessus du clavier par d'invisibles menottes.

Clandestinement, je publiais une feuille nationaliste que nous fabriquions de nuit, avec la complicité d'un typographe. Je distribuais des tracts à la sortie des usines, prêt à m'enfuir à l'approche d'un policier. Après l'invasion de l'Autriche, il me semblait évident qu'une nouvelle guerre se préparait en Europe. Je voulais éviter que mon peuple s'immolât encore pour l'Empire britannique.

En août 1938, je pris la parole à un meeting au Gesù. Près de deux cents personnes étaient venues écouter les conférenciers du Nouveau Nationalisme. De la tribune, je réclamai une république québécoise, laïque et neutre. Au fond de la salle, des provocateurs du Parti de l'unité nationale du Canada, en uniforme à croix gammée, se gaussaient: «Communiste! Retourne à Moscou!», lança l'un d'eux. D'autres contradicteurs, des nationalistes maurrassiens, qui auraient dû s'opposer au fédéralisme des nazis, leur prêtaient main forte en scandant: «Maudite vermine d'athée!». Les huées m'obligèrent à descendre de la tribune sans pouvoir terminer mon discours.

Au fond de la salle, une jeune femme d'environ trente ans m'attendait, enveloppée d'un châle et coiffée d'un chapeau cloche. «Vous avez raison!», dit-elle en allemand. «Mais ça ne suffit pas. Il faut le nombre.»

Je l'entraînai à l'extérieur de la salle, en disant: «Et même si le monde était plein de démons, nous réussirions quand même!» Elle éclata de rire et répondit: «Luther! Mon père est pasteur à Brême. Je connais tous ces psaumes par cœur.» Dans un allemand maladroit, je lui demandai si elle s'intéressait à notre cause nationale. «J'ai assez de la mienne! Non, je venais répéter pour un concert tout à l'heure.» Pianiste amateure, elle gagnait sa vie comme secrétaire au bureau des Chemins de fer allemands de Montréal. Ses camarades arrivaient dans la salle maintenant désertée par la foule qui avait assisté aux débats politiques. Elle m'invita à venir l'entendre.

Au lieu de rentrer dans mon meublé de la rue Saint-Denis, je descendis vers le port, puis marchai le long du canal Lachine. Des péniches remontaient entre les écluses prendre livraison de blé, d'autos et de canons à Detroit ou à Chicago. Quand je revins dans la salle du Gesù presque déserte, le trio jouait déjà du Mozart sur la scène d'où on avait enlevé mon affiche: «Pour un État canadien-français».

La pianiste exprimait la tristesse profonde et douce de l'intimité. Entre chaque mouvement, ses yeux se tournaient vers le violoniste avant de plonger à nouveau sur le clavier, où couraient ses doigts que j'aurais voulu sur ma peau, légers comme le plaisir. Elle chantait en silence, marquant les arrêts d'un soupir qui soulevait ses seins sous la tunique de satin rouge. J'écoutais avec ravissement, déjà vaguement amoureux de cette Lizbeth Walle, dont le nom s'imprimait en lettres gothiques sur le programme. Pâle et mince, l'épiderme de son visage trahissait la moindre émotion par des afflux sanguins que je déchiffrais avec une certitude que je croyais divinatoire. Une première touffe de feuilles rouges annonçait déjà, du haut d'un érable, le début de l'automne 1938, comme si la musique avait accéléré l'écoulement du temps et des nuages qui s'étiraient sous le soleil couchant. J'invitai Lizbeth dans un bar voisin. Elle accepta de m'accorder une interview pour ma chronique culturelle. Elle buvait à petites gorgées un cognac.

Installée depuis quelques mois à Montréal, elle était arrivée à New York en 1937, à bord d'un zeppelin qui avait quitté Francfort trois jours plus tôt. Dans le salon de première classe, elle jouait du piano à l'intention des riches industriels allemands qui volaient à la rencontre de leurs associés américains.

«J'ai donné un concert au-dessus du Rockefeller Center. De la baie vitrée sous la nacelle des passagers, je voyais très bien les clients du restaurant qui nous saluaient de leur coupe de champagne. Depuis... badaboum! Le Graf Spee a explosé. Finis les zeppelins! Je resterai pour longtemps la seule pianiste volante.»

Elle hésita un instant, puis ajouta: «En fait j'accompagnais mon mari. C'est lui qui m'a amenée à Montréal. Il travaillait à une thèse sur le Canada français pour l'université de Francfort: Kanada, die schwäche Ritze des britischen Imperium. En français: le Canada, faille secrète de l'Empire britannique.»

«Et maintenant...?»

«Il est rentré en Allemagne. Nous nous sommes brouillés depuis son inscription au parti.»

Ce récit, qu'elle me faisait en allemand, me fascinait. Il me donnait accès à un univers différent de celui, morne et foudroyé, que m'avait légué mon père. Ces mots allemands, qui résonnaient si doucement dans sa bouche, semblaient offrir un raccourci vers la beauté et la vérité.

Elle m'emmena à son hôtel. Au parfum d'asphalte mouillé succéda celui de la terre humide, disposée par plaques au milieu de la pelouse d'une cour intérieure, puis le moisi rance de l'escalier étroit, dont les marches gémissaient quand nous montions vers sa chambre.

Elle me laissa avec un scotch au salon et ouvrit les robinets d'une baignoire géante reposant sur des griffes de lion en bronze. Elle me rejoignit une demi-heure plus tard, ointe d'huiles et de parfums, sa chevelure blonde tombant lourdement sur le peignoir blanc qui fronçait sur ses jambes encore humides. Elle s'arracha à ma première étreinte pour m'entraîner dans la chambre où nous souriait tranquillement la statue d'un ange grandeur nature, et je la repris dans mes bras, vacillant de désir, tombant sur le lit. Elle dit: «Le couvre-lit...», et je me relevai, fiévreux, les yeux mi-clos, arrachant mes vêtements devant la fenêtre entrouverte, avant de tomber sur les draps où elle fermait les yeux, une plainte s'échappant de ses lèvres fardées d'un rouge vif. Les bras en croix sur le traversin, elle balançait la tête, se mordait les doigts, tandis que son ventre se creusait.

Notre idylle dura quelques mois, jusqu'à ce qu'elle tombât enceinte. Je lui proposai le mariage. Mais il fallait d'abord qu'elle obtînt le divorce de son mari. De celui-ci, elle refusait de me parler sauf pour me dire que, revenu en Amérique, il occupait maintenant un poste à l'ambassade allemande aux États-Unis. Elle le rejoignit par télex et ils convinrent d'un rendez-vous à Washington. Avant son départ, elle me prévint qu'elle se ferait avorter. Elle avait obtenu l'adresse d'un médecin que les femmes de sénateurs avaient rendu richissime. Elle refusa net que quiconque l'accompagnât. Elle revint après dix jours toujours enceinte et sans divorce, en me déclarant que «perdre notre enfant aurait signifié la fin de notre amour».

Elle ne connaissait jamais de paix. Une violence sourde la traversait; elle menait sa vie comme on chevauche un étalon sauvage, le cœur battant. Elle semblait détachée de ses actes. Du point a au point b, il lui fallait remplir le rôle auquel on la destinait. Nous eûmes un fils, qui naquit avec des cris de rage comme tous les enfants. Il me sembla qu'elle cherchait à ne pas l'aimer, fuyant l'appartement, et sombrant finalement dans une dépression que je cherchai à dissiper par un voyage sur les côtes du Maine. Pendant que ma mère s'occupait de Christophe, nous nous promenions de nuit sur la plage, devant ce qu'elle appelait sa «mer de sérénité», où pas un grain de poussière ne bougerait durant des millions d'années. Mais aucune stupeur n'est éternelle, et bientôt la pensée se chargea de la remettre à sa place, devant cette villa que nous avions louée, et les vagues qui se gonflaient comme de longs muscles gris.

La guerre menaçait, qui avait déjà tué le grand-père de Lizbeth, vingt ans plus tôt, le 7 juin 1917, à trois heures trente, sur la crête de Messine, avec tout son régiment, par la mise à feu de cinq cents tonnes d'explosifs placés dans un réseau de mines creusé sur plus de dix kilomètres par les hommes du général Plumer.

À l'aube du 7 septembre 1939, le lendemain de la promulgation de la loi sur les mesures de guerre, un ami policier me téléphona pour me prévenir qu'on devait nous arrêter dans la journée, pour mes propos défaitistes, nuisant au recrutement et au succès des forces de Sa Majesté, crime dont je m'étais souvent rendu coupable par mes articles pacifistes et indépendantistes. Quant à Lizbeth Walle, ressortissante d'une puissance ennemie, elle était aussi promise au camp d'internement.

Incrédule, je me contentai de traverser la rue chez des amis. Catastrophe! Vers midi, un fourgon cellulaire de la Police Montée s'arrêta devant notre appartement. Les tuniques rouges à chapeau rond grimpèrent l'escalier extérieur en colimaçon et brisèrent bientôt un carreau de la porte pour s'introduire chez nous. Tenant Christophe sur sa poitrine, Lizbeth me dit avec un sourire étrange: «J'ai déjà vu ça... Ils vont maintenant interroger les voisins. Nous devrions partir.» J'avais les idées embrouillées par manque de sommeil et de café, la peur me tenaillait.

C'est Lizbeth qui organisa notre fuite. Nous récupérâmes la voiture que j'avais stationnée dans la ruelle, puis nous filâmes à la banque. Pour ne pas éveiller les soupçons du caissier, je laissai un peu d'argent dans mon compte. Nous disposions de quelques centaines de dollars.

Christophe jouait avec son lièvre mécanique. «Il

faut le confier à ta mère», dit Lizbeth. Je savais qu'elle avait raison. Encore bébé, il ne pouvait voyager dans les conditions précaires qui nous attendaient. La maison de mon demi-frère Perceval donnait sur un parc de Westmount. Je me garai du côté opposé, sous les chênes frémissants, et j'attendis de le voir sortir, la badine sous le bras. Il attaqua gaillardement la côte vers la caserne de la rue Atwater. Le soleil chauffait la banquette de velours aux ressorts défoncés, sur laquelle Lizbeth avait couché Christophe, nu, après l'avoir allaité une dernière fois. Elle se pencha sur lui, qui gigotait en souriant, le cachant de sa lourde chevelure blonde, et elle lui parla en allemand. De sa bouche ouverte, l'enfant semblait téter d'elle, à défaut de lait, une sagesse amère. Puis elle l'enveloppa dans ses langes et me le tendit.

«Ne reste pas là, devant la porte! Your son is going to freeze», s'écria ma mère. Mais je demeurais obstinément sur le balcon. Elle aperçut Lizbeth derrière mon épaule, de l'autre côté du parc, fumant une cigarette en s'appuyant contre le capot.

«Nous devons nous absenter quelque temps...» «Attends... Ton frère pourrait...» Elle m'enleva Christophe et le prit contre elle. Je les embrassai. «Ne pars pas avec cette Allemande!», cria-t-elle tandis que je m'éloignais.

Déjà les nazis Arcand et Lanctôt s'apprêtaient à troquer au camp de Petawawa leur chemise bleu marial contre une tenue rayée, avec un énorme cercle rouge à l'arrière du calot et de la tunique pour faciliter la tâche des tireurs en cas de tentative d'évasion. Plutôt l'exil que de moisir dans la forêt ontarienne avec ces maringouins anglophiles et centralisateurs. Je passai aux États-Unis par une route déserte et vallonnée des Cantons de l'Est. Deux jours plus tard nous nous retrouvions à New York. Nous habitâmes quelque temps à Brooklyn, près de Prospect Park, chez un peintre français de mes amis, qui nous avait offert un canapé-lit dans son salon et les conserves dont regorgeaient les armoires de sa cuisine. Nous prenions le frais dans l'escalier de secours, tandis que s'imprimaient sur nos cuisses les lamelles métalliques des marches.

Elle se bouchait une oreille. «J'écoute battre mon sang. On dirait qu'il ne s'arrêtera jamais.» L'amour nous précipitait l'un vers l'autre. Nous revenions au début du monde, avec le soleil qui se couchait au ras des toits bitumés, pour éclater dans le miroir de la coiffeuse, avec le café fumant, les toasts brûlés que nous croquions en lisant le *New York Times*.

Ma mère, à qui je téléphonais régulièrement, refusait de nous amener l'enfant car elle considérait notre situation comme trop risquée. L'insistance de mon frère à obtenir notre adresse me persuadait qu'il collaborait avec la police. Je répondais que nous n'avions pas encore de domicile fixe. Des amis confirmèrent qu'on tentait de nous extrader.

Pendant que je cherchais du travail dans des agences de presse et des bureaux de traduction, Lizbeth se rendait souvent au consulat allemand, afin d'y obtenir une prolongation de son passeport. Elle en revint un jour avec du courrier qu'elle avait reçu de Berlin: une enveloppe timbrée du profil d'Hitler en bas-relief, masque de pierrot haineux avec un œil

torve et fixe. Elle lut, le souffle court, les doigts trem-
blants, puis elle éclata d'un rire sec. Ses lèvres se pinçaient, et elle n'arrivait plus à retenir ses larmes.
«Je livre à la flamme ces écrits!» dit-elle dans un
français métallique. Elle embrassa la lettre, la plia et la
glissa sous son corsage. «L'avenir va jaillir des braises
de notre cœur. Heil!»

On venait de brûler les œuvres de son père, le
pasteur, sur les places publiques d'Allemagne. D'un
camp de rééducation près de Dachau, il lui écrivait de
ne pas rentrer au pays tant que les nazis seraient au
pouvoir. Le peu de méfiance qui me restait tomba:
Lizbeth appartenait au rang des victimes.

Un soir Lizbeth me persuada de l'emmener au
restaurant belvédère du Rockefeller Center, où elle
avait aperçu ses premiers Américains, de la nacelle du
zeppelin. Les serveurs en veste blanche à boutons
dorés apportaient les dry martini aux clients parfumés
et diamantés, les visages flottaient au-dessus des
paquebots qui se traînaient au loin sur l'Atlantique,
formant au clair de lune des cibles tentantes pour les
sous-mariniers — qui respectaient pourtant encore la
neutralité théorique de ces convois approvisionnant
des armées entières au Royaume-Uni. Elle me montra
le vide, au-dessus de nous: «C'est par ici que je suis arrivée.»

Le luxe m'emmenait aux premières loges de l'extase. Les haut-parleurs diffusaient dans la salle à manger des quatuors de Mozart, les carnets d'allumettes
portaient des citations de Blake et de Gœthe, les murs
lambrissés s'ornaient de toiles impressionnistes.

Magnifique, elle portait un collier de perles.

J'absorbais à distance son parfum de musc. Grande, elle semblait toujours forte et sûre d'elle-même, mais pendant l'amour, elle s'écroulait à mon premier contact, les yeux fermés, molle, chaude et abandonnée, brusquement vidée de toute énergie et volonté. Elle commanda un thé.

Le vent souffla en bourrasque et ébranla légèrement les vitres du 44e étage. Un client seul, colossal, qui venait d'arriver, vida d'un coup sa flûte de vodka et la fracassa contre le parquet. Un garçon de table ramassa les éclats de verre sans un mot. Notre voisin alluma un cigare. Le visage anguleux, les arcades prononcées, le nez busqué, jetaient des trous d'ombre sur une peau très pâle; les yeux vifs, comme montés sur un roulement à bille au milieu de l'orbite, dévoraient l'espace environnant, s'arrêtant sur Lizbeth qui pinçait ses narines incommodées par l'odeur âcre du tabac. Elle lui montra le cigare qu'il écrasa aussitôt. Lizbeth lui sourit et dit: «Vielen Dank.»

Ses yeux papillonnaient dans le miroir, autour du point spéculaire où elle rencontrait le regard de l'autre; son visage s'éclairait alors comme quand elle plaquait le fortissimo d'une sonate: apothéose d'un mécanisme aussi complexe et raffiné que celui qui guidait les automates sonneurs du clocher de Nuremberg.

Bientôt elle parlait avec notre voisin dans cette langue rocailleuse que j'aimais tellement dans sa bouche, mais que je comprenais encore difficilement. Elle me désignait du menton, puis acquiesçait. L'autre lui tendit une carte, qu'elle glissa dans son sac à main dont elle claqua la fermeture dorée. Il se leva et s'inclina en joignant les talons. Elle lui fit une moue derrière la voilette de sa toque de velours.

«C'est mon mari, Ernst Hofer, me dit-elle. Il travaille pour le bureau new-yorkais du ministère de la Propagande. Je lui ai expliqué que tu n'arrivais pas à trouver du travail comme journaliste aux États-Unis, à cause de tes opinions. Il aimerait que je te le présente.»

Le simple hasard ne pouvait pas expliquer cette rencontre que Lizbeth avait manifestement manigancée à mon insu. J'étais furieux. «Jamais je ne travaillerai pour les nazis. Et je te prie de ne plus parler à ce monsieur!»

Je regrettai aussitôt mon ton cinglant. Je n'ai jamais eu de pire ennemi que mon emportement. Voyant qu'elle blêmissait, j'aurais dû lui demander pardon. Mais je me tus et, par ce silence, la gêne s'installa entre nous. Elle se leva lentement, l'étroitesse de sa jupe l'obligeant à se déhancher en portant à la taille la main qui tenait le porte-cigarette d'ivoire. Son regard m'évitait.

Tout d'un coup la fatigue du voyage, la peur d'une arrestation, l'angoisse de flamber mes derniers dollars dans ce cinq étoiles, tout se conjugua pour m'abattre et me paralyser alors même qu'elle s'éloignait vers l'ascenseur. L'autre chercha à la retenir en lui baisant la main et me montrant d'un œil interrogateur, mais elle poursuivit son chemin. Il laissa un gros billet pour régler l'addition et se précipita vers la sortie, juste à temps pour monter dans la cabine avec elle.

Persuadé qu'ils allaient finir la soirée dans le

même lit, dévoré de jalousie, je me dirigeai vers Soho pour m'y consoler du mieux que je pouvais. Quand je rentrai à l'aube, je tombai sur mon ami peintre qui lisait au salon, son crâne luisant sous l'abat-jour. Il me regarda avec pitié.

«Elle t'a attendu toute la nuit sans dormir. Elle est partie il y a une heure avec sa valise. Elle m'a dit que cela vaudrait mieux.»

Posément j'appuyai ma main sur le mur devant moi et l'écrasai avec un lourd cendrier de verre. Puis je m'écroulai sur le sol en gémissant.

— Elle n'a pas voulu dire où elle allait. Mais elle a laissé cette lettre pour toi.

Effrayé par ma violence, l'autre me la tendit à bout de bras. Je dus me servir de mes dents pour déchirer l'enveloppe à une extrémité. «Retourne à Montréal, rétracte-toi pour te faire pardonner. Sauve-toi et notre fils aussi.»

Je remis l'imper et le feutre mouillés. Il pleuvait toujours. J'emportai son parapluie, persuadé que je la retrouverais rapidement, transie. Je retournai à nos endroits de prédilection: Central Park, les cafétérias à distributrices, les petits bars sans fenêtre, les cinémas au sol gluant de soda. Parfois je croyais la reconnaître, mais un détail se précisait et me révélait l'étrangère que j'avais pris de loin pour elle. Je réalisais avec une inquiétude croissante que je cherchais ma bien-aimée au hasard, dans la plus grande ville du monde. Je marchais sans trêve, ne m'arrêtant que pour prendre un café et un sandwich à une table avec vue sur l'exté-rieur.

Après deux jours, je désespérai: elle avait sans

doute quitté la ville. Son absence me brûlait. Je revoyais les dix-huit mois de notre vie commune, les leçons d'allemand données à même Schiller et Gœthe, les voyages à Québec, les dîners chez mon frère passés à discuter de religion et de politique, les journées à nous caresser tandis que l'incendie froid de l'hiver rageait dehors, l'immense apaisement qu'elle me donnait en se couchant sur moi.

Mon cœur battait comme une bombe à retardement. J'avançais simplement pour ne pas rester immobile, parce qu'un homme de vingt-quatre ans qui pleure au coin d'une rue risquait d'attirer les regards, tandis que celui qui avance à grands pas cache son visage sous un masque de mouvement. Je palpais au fond d'une poche ma petite liasse de dollars: bientôt il ne me resterait pas même de quoi manger, à moins de vendre la Packard que j'utilisais d'ailleurs le moins possible pour économiser l'essence.

Un être humain ne ressemble à rien. Il n'a pas de forme. Pour voir ce gouffre qui se creuse et qui aspire, fermez les yeux. Sous l'ordre illusoire des mots, vous sentirez la nuit qui au hasard invente des destins. Déjà ce 26 septembre 1939, jour de la capitulation de Varsovie, deux semaines après que Sa Majesté britannique eût proclamé qu'un «état de guerre avec le Reich allemand existe dans notre Dominion du Canada», mon histoire tombait d'un bloc, comme un astre noir et désolé, doté d'une maléfique force d'attraction.

À Manhattan, au coin de la 5e avenue et de la 15e rue, dans l'ombre monolithique de l'Empire State

Building, soufflaient les vents les plus violents de la ville. Ils arrivaient de l'Hudson, rectangle lumineux et laiteux entre la géométrie métallique des gratte-ciel; ils déferlaient du Québec, à peine ralentis par les monts Adirondacks plus au nord; ils enfilaient entre les banques, les trusts, les holdings, les hôtels, comme dans les tuyaux d'un orgue immense, ils me glaçaient le visage et la pensée. Rivé dans un socle de béton, un mat d'acier vibrait, et sa pointe traçait des signes cabalistiques à cent mètres au-dessus de mon chapeau feutre. Chute hors du temps, dans un espace maudit, sombre, négatif; illumination inversée, obscurcissement. Tout s'arrêtait, était déjà arrêté.

Avant de rentrer à Brooklyn, je décidai de patrouiller un peu le secteur voisin du consulat allemand au volant de ma voiture. Ernst Hofer surgit du coin d'un immeuble. Ses yeux noirs aussi inexpressifs que deux boules de goudron fouillaient la foule comme pour y découvrir un tireur embusqué. De tous les hasards qui composent ma vie, je considère celui-ci comme le plus miraculeux. Sans lui, je fusse rentré à Montréal pour y dresser mon fils à devenir un loyal sujet de Sa Majesté britannique. Je me couchai sur la banquette pour lui ouvrir la portière droite, que le vent faillit arracher de ses gonds. Hofer se pencha et m'aperçut: sans hésiter, il s'assit à mes côtés. «Herr Chénier! J'aurais tant aimé vous parler l'autre soir. Vous cherchez ma femme? Disparue depuis trois jours? Tutt! Tutt!» Il semblait étonné. Jusque-là, j'avais supposé qu'il serait au courant du départ de Lizbeth.

C'était l'heure de la sortie des bureaux. Un policeman me pointa de sa matraque: stationnement interdit! Je démarrai, écrasant ici et là des journaux qui voletaient au ras de la chaussée comme des chauves-souris affolées. «Je dois quitter le Nouveau-Monde la semaine prochaine, continuait mon passager. Les Américains nous obligent à réduire notre personnel consulaire; il nous accusent d'espionnage. Moi qui suis un simple fonctionnaire du docteur Gœbbels. Mal payé en plus.»

Il regarda sa montre. «J'ai rendez-vous à notre consulat. Venez avec moi. Le responsable aux passeports saura peut-être vous renseigner.» Ses lèvres frémissaient continuellement comme si leur inconfort se traduisait en paroles, aussi biologiquement conditionnées que le chant des baleines.

Suivant les indications de Hofer, je me stationnai dans la cour intérieure du consulat. L'immense salle de réception retentissait de dizaines de sonneries, chacune interrompue brusquement par un fonctionnaire qui portait à sa tempe le téléphone comme une arme pour se faire sauter la cervelle. Nos semelles piaulaient sur le marbre.

On célébrait ici une basse messe politique, avec les télex branchés directement sur l'au-delà berlinois, disposés comme des autels votifs. Des officiers des communications accomplissaient le mystère de la traduction des câbles chiffrés en ordres compréhensibles. Prévenu de notre arrivée par sa secrétaire, Eckel, un fonctionnaire bedonnant aux cheveux clairsemés, aux cils et aux sourcils inexistants, sortit de son bureau et se tétanisa un bref instant, le bras levé: «Heil Hitler!»

«Heil Hitler!», répondit Hofer.

Les deux hommes conférèrent en chuchotant. Les plafonds s'arrondissaient comme un palais. Déjà je sentais autour de moi un afflux de sucs digestifs. Eckel nous précéda au sous-sol, derrière une grille qui s'ouvrit dans le ronronnement d'un moteur électrique. Dans une salle qui empestait le café brûlé oublié sur un réchaud, Hofer me pria de les attendre quelques instants. Il ne revint qu'au bout d'une heure, me laissant tout le loisir de craindre à quel point ma démarche malencontreuse pouvait avoir nui à Lizbeth. J'espérais simplement qu'elle eût décidé de rester aux États-Unis, mais à son retour avec Eckel, Hofer confirma mes pires hypothèses.

«Trop tard! Elle est partie dans son Vaterland; la terre de son père l'appelait; Rheingold, oh Rheingold, comme le chœur de sirènes au début de Siegfried. Un chant irrésistible pour nous, Herr Chénier. Pour vous aussi, peut-être? Nous verrons. Elle devait retourner. Alors Eckel a tamponné les papiers, les Ausweis, les Pass, elle a pris le bateau pour Brême il y a deux jours. Le cœur brisé! Sans vous, sans son fils. Elle ne vous a pas prévenu? Les femmes sont si cruelles parfois. La guerre entraîne tant de sacrifices. Si seulement l'Angleterre avait respecté notre désir de paix quand nous avons décidé de ramener dans le Reich les Allemands de Dantzig.»

Pendant qu'il parlait, d'une voix qui bourdonnait comme un rasoir électrique, je sentais sur mes poignets, ma gorge, des bracelets d'acier froid qui claquaient pour m'apprendre la grande alchimie, non pas celle du plomb en or, mais de la souffrance en plaisir.

«Notre ami s'est moqué publiquement du Führer dans ses articles, poursuivit Hofer. Mais sa véritable haine, il la réserve aux Anglais. Et il voudrait créer une république du Québec, sans guerre et sans violence.» Il jeta une pile de tracts que j'avais écrits sous un pseudonyme. «D'une façon bucolique, en somme?», demanda Eckel, amusé.

«J'ai beaucoup étudié votre pays, me dit Hofer. Une politique typique des petits peuples ! Le Québec appartient aux oubliettes de l'histoire, en compagnie du royaume séparatiste bulgare, du Grand Duché de Bourgogne et de l'empire kurde. À moins qu'il ne se trouve de puissants alliés...»

Je l'interrompis: «Avez-vous obligé Lizbeth à rentrer en Allemagne?»

«Le Reich n'a aucun pouvoir ici, et encore moins un simple attaché culturel comme moi.»

«Vous mentez! Vous pouviez la faire chanter avec son père qui...»

Je m'arrêtai. Trop tard! En perdant mon sang-froid, je venais de compromettre Lizbeth. Hofer sourit.

«Je lui avais confié une mission. Si elle a trahi le Reich, elle devra en subir les conséquences.»

Ils me dévisageaient tous deux en silence. Et le regard qu'ils me jetaient, minéral, sans la moindre pitié, m'effrayait pour Lizbeth. Je décidai de feindre. «Excusez-moi. De quelle trahison parlez-vous ?»

«L'autre soir, je l'avais chargée de vous transmettre une offre d'emploi. Le Reich veut la paix. Comme vous. Et puisque votre gouvernement vous interdit de promouvoir vos idées de pacifisme et d'indépendance, nous vous offrons de vous adresser à vos compatriotes par notre intermédiaire. Notre Maison de la Radio est devenue une véritable société des nations. Des Arabes, des Indiens, des Turcs, des séparatistes Écossais, des Irlandais. Tous en guerre contre les colonisateurs britanniques. Par votre présence, le Québec se joindrait à la lutte.»

Sans hésitation, je plongeai dans l'abîme:

«Qui vous dit que Frau Walle n'a pas réussi sa mission? Je n'ai pas encore pris de décision, voilà tout.»

Pour gagner du temps, je les questionnai en détails sur leur proposition. Comme lecteur à Radio-Concordia, je toucherais 1200 marks par mois (800 dollars américains). J'aurais droit à un appartement près de mon lieu de travail, le Rundfunkhaus. Mon employeur, le ministère de la Propagande, pourrait me licencier à quatre mois d'avis, mais avec une indemnité d'un an de salaire. Je garderais mon passeport canadien, et l'on me fournirait un permis de travail qui me tiendrait lieu aussi de visa de séjour. Je circulerais librement à l'intérieur de l'Allemagne. Pour des visites à l'étranger, j'aurais besoin d'une permission spéciale de la Gestapo. Le cas échéant, je pourrais demander ma naturalisation comme citoyen allemand. Quant à Lizbeth, on lui donnerait une affectation à Berlin, afin qu'elle puisse m'aider à m'adapter au Reich.

De manière à peine déguisée, Hofer se servait de Lizbeth comme otage. Je préférais ne pas imaginer quel sort l'attendrait dans un «camp de rééducation» comme Dachau. Je téléphonai à mon demi-frère, qui accepta de prendre le train Montréal – New York le soir même.

Le soleil frappait obliquement les vitraux sales de Grand Central. La locomotive heurta légèrement le butoir et lâcha des jets de vapeur, à travers lesquels bientôt les premiers passagers s'avancèrent, précédés des porteurs noirs à la démarche élastique. Comme convenu, Perceval me croisa d'un air indifférent et monta dans un taxi, que je suivis. Il s'arrêta au Taft, qu'il traversa rapidement pour me rejoindre, dans la Packard que j'avais garée près de la sortie arrière de l'hôtel.

Je lui rapportai ma conversation avec Hofer. «Ils veulent donc que tu deviennes la voix canadienne-française de Radio-Berlin. Qui écrirait tes textes?» «Moi, mais je devrais les soumettre à un censeur avant la diffusion.» Perceval me mit en garde: notre rencontre d'apparence fortuite, Hofer l'avait sûrement organisée jusqu'au bris de verre près. Lizbeth était sans doute une agente à son service. Par son brusque départ, elle voulait me forcer à la suivre. J'avais dû être identifié très tôt comme un nationaliste influençable et sentimental.

«Ernst Hofer te manœuvre pour te gagner à leur cause. Il est le premier directeur du Aussenpolitischer Amt, section Nord Amerika. Il relève du philosophe officiel nazi, Alfred Rosenberg et de son service de renseignements particulier, le Aussenpolitischer Amt (APA), rattaché à l'organisation du parti nazi à l'étranger et du ministère de la Propagande de Gœbbels. Il s'est créé un empire personnel à la frontière de ces deux organismes.»

Une espionne, Lizbeth? Elle était donc perdue si je ne la suivais pas rapidement. Elle n'avait pas eu le cœur de terminer sa mission et de me ramener avec elle en Allemagne. Peut-être m'aimait-elle vraiment? Sa séparation d'avec notre fils la déchirait sûrement. La politique ne se fait pas avec de bons sentiments. Pour libérer le Québec, il faudrait peut-être s'associer aux nazis. Comme les Irlandais. «Don't do it!», dit Perceval. Mais je pensais que cette guerre n'allait pas durer et que les Allemands sauraient arracher quelques concessions aux Britanniques. Personne, me promit Perceval, pas même ses collègues les plus proches, ne saurait qu'il m'avait rencontré. Je le raccompagnai au train sans lui confier que je venais de prendre la décision de trahir le Dominion of Canada.

«We will take care of your son», dit-il. Je serrai avec émotion ses mains sèches mais fraternelles, celles d'un ennemi bien sûr, mais qui me combattrait de face. Sans cette guerre entre nous, quelle équipe nous aurions pu faire!

Pendant que je remplissais les formalités bureaucratiques nécessaires à mon départ pour Brême, un rêve me hanta. Mon fils Christophe reposait sur un lit d'hôpital; yeux bleus en amande, lèvres minces. Il portait un pyjama déboutonné à la poitrine, il avait chaud, de la sueur coulait sur son front, il s'essuyait avec sa couverture de laine grise. En se retournant, il laissait tomber son lièvre, avec ses grandes oreilles molles, décousues à force d'avoir tiré dessus dans la douleur des cauchemars moites et postopératoires; crucifié, le lièvre sur le lino puant le désinfectant. Je me penchais pour le ramasser, et j'entendais la voix de Hofer derrière moi: «Mais on étouffe ici! Ça manque d'air !»

Il ouvrait toute grande la fenêtre. L'air du dehors s'engouffrait comme une vague glacée sur le pont d'un navire. Au lieu d'intervenir, je restais à genoux, blottissant mon visage contre le lièvre dont le tissu spongieux avait bu la fièvre et le délire de Christophe. D'un coup de rein, Hofer soulevait à bout de bras Christophe, tout mou, souriant et confiant, et, s'approchant de la fenêtre, il le suspendait dans le vide, au milieu des flocons. La petite tête se renversait, ouvrait la bouche pour goûter à la neige.

Soudain Hofer chuchotait: «C'est beaucoup mieux ainsi», et il le lâchait du haut du quatrième étage. En tombant, Christophe levait les bras et les yeux vers moi, son père, penché à l'embrasure, et il me lançait: «Je t'aime!» Au lieu de tomber verticalement, Christophe planait au-dessus du trottoir, puis s'envolait vers les toits des maisons. Il riait, saluant de la main les passants. J'enjambais alors moi-même le rebord de la fenêtre et me jetais au milieu de la tempête.

TROISIÈME CAHIER

Le 9 novembre 1939, j'embarquai sur le paquebot Ernst-Günther à destination de Göteborg, en Suède. De là, un bateau de croisière complètement vide m'amena jusqu'à Kiel. Un contre-torpilleur filait vers le large entre deux tours de DCA. Des camions bâchés pleins de munitions roulaient sur les quais vers la silhouette massive du redoutable croiseur Bismark. Toute la marine allemande semblait réunie là, du cuirassé de poche Deutschland jusqu'aux croiseurs de bataille Gneisenau, ainsi qu'une quinzaine de sous-marins. Nous accostâmes près d'un immense bassin de radoub, où une armée d'ouvriers colmataient en cale sèche une brèche au flanc droit du croiseur Köln.

Lizbeth m'attendait, au milieu d'une foule nombreuse qui se pressait sur l'embarcadère pour quitter l'Allemagne. Au lieu des couleurs vives qu'elle affectionnait, elle portait un tailleur gris, mal ajusté, qui la grossissait. Jamais son visage ne m'avait ému autant que sous cette blême lumière hivernale. J'y voyais les seuls traits aimables que pouvait prendre la mort. Elle franchit en courant le poste de douane, avant que les gardes puissent l'arrêter, et le temps d'une étreinte, elle me chuchota à l'oreille: «Qu'as-tu fait? Va-t-en, tu le peux encore! Regarde derrière moi!»

Un petit homme en paletot noir nous épiait. Il avait accompagné Lizbeth de Hambourg, où elle était emprisonnée depuis son retour. Je la pris par le bras et me mis dans la file des voyageurs qui attendaient pour remplir les formalités de débarquement. Je lui racontai les dernières prouesses de notre fils, comme rapportées par ma mère au téléphone, avant mon départ de New York. J'eus bientôt l'occasion de vérifier le poids politique du visa que m'avait remis Hofer, d'abord avec les douaniers, qui ne fouillèrent pas ma valise, puis auprès de l'agent en civil qui obéit à mon ordre de disparaître.

«J'ai décidé que nous prenions nos vacances ici. L'air est bon. Et hors saison, ça ne coûte presque rien.»

Elle faillit se fâcher puis haussa les épaules. Dès son arrivée à Kiel, la Gestapo l'avait arrêtée pour cause de «sous-trahison». «Ne ris pas. Chanter une mélodie interdite, douter de la victoire, déplaire à un chef, c'est de la sous-trahison.» Quelques heures avant mon arrivée, on l'avait sortie de sa cellule et amenée au port sans explication. «Tu es fou d'avoir accepté l'offre de Hofer», répéta-t-elle.

D'un commun et tacite accord, nous décidâmes de ne plus parler de la guerre. Les goélands planaient au-dessus des dunes. Notre joie — déplacée et presque obscène — ne voulait pas mourir, malgré la guerre; elle déchargeait dans nos corps mortels son électricité à l'odeur d'orage, et elle nous permettait de saisir l'autre dans un ultime coup de rein.

Nous devions nous retenir pour ne pas éclater de rire comme des fous, dans les rues grises de Brême, pleines de jeunes militaires à la fin de leur permission. Nous prîmes le train jusqu'à Cuxhaven, station balnéaire de la Mer du Nord, déserte à cette époque. Les casinos et les Gasthäuser de style victorien s'alignaient devant la mer. À l'horizon, se profilaient des U-Boote, ces grands requins d'acier qui ouvraient leur gueule sur les profondeurs de la Baltique, puis qui plongeaient encore plus loin et plus froid vers le Groenland, et les côtes de mon cher Québec natal, pour y déchirer de leurs torpilles les cargos canadiens.

Hors saison. Tous les hôtels étaient fermés, sauf le Neue Liebe, ce «nouvel amour» où nous reposions. Quand le patron nous eut annoncé que nous étions les seuls clients, je demandai un passe-partout pour changer de chambre chaque soir. Ainsi nous nous promenions sur les dix étages de la tour assaillie par les ouragans qui soufflaient du large, et quand nous nous couchions, personne ne savait où nous trouver. Pour nous joindre au téléphone, il aurait fallu sonner une à une les cent quarante-deux chambres.

J'avais l'impression de ressembler à un plongeur qui s'entraîne à sauter chaque jour d'un peu plus haut, jusqu'à cette altitude où l'on commence à voler au lieu de tomber, à cette différence que j'effectuais mes parcours dans le temps, et que mon dernier saut, celui où je souhaitais que la grâce me sourît furtivement m'entraînerait tête première et pour toujours dans la solitude absolue. Comme la mort pouvait sembler belle, en novembre, au Neue Liebe, à Cuxhaven, à quelques heures de voile du royaume de Hamlet.

Le soir nous dégustions des huîtres dans le restaurant sur pilotis, nous levions notre coupe de vin du Rhin. Nous ne connaissions encore rien de la guerre, sauf la bombe lâchée par un Mosquito solitaire: coup de massue dont tout le squelette granitique de la ville vibra, jusque dans son corps à elle, Lizbeth, tandis que nous faisions l'amour.

Elle tomba malade. Recroquevillée sous la couette, la main droite serrée sur mon poignet, elle claquait des dents. Quand sa fièvre tomba un peu, j'éteignis dans la chambre et m'assis devant la porte-fenêtre coulissante entrouverte au-dessus de la mer. La nuit et le brouillard nous enveloppaient.

Le lendemain elle se sentait mieux. Elle portait une robe verte, de même couleur que ses yeux étincelants. Seule une légère rougeur aux ailes de son nez busqué trahissait sa grippe. Sa chevelure se relevait sur la gauche, découvrant une oreille ornée d'une perle, et retombait de l'autre côté jusqu'à l'épaule. Au repos, la beauté de Lizbeth avait un rien d'intimidant, mais en action elle envoûtait.

Notre idylle, qui tirait d'ailleurs son charme de son extrême précarité, se termina ce matin là, au petit déjeuner, quand Hofer fit irruption dans la salle à manger de l'hôtel.

— Herr Chénier! Me voici à l'heure précise: ponctualité allemande!... Gnädige Frau.

Immense, il se pencha pour baiser la main de Lizbeth. Il semblait vouloir incarner un gentilhomme britannique du siècle dernier: costume de tweed gris et montre d'or retenue par une chaîne dans la poche de son gilet.

Je n'avais pas prévenu Lizbeth de ce rendez-vous. Je me demandais encore s'ils n'étaient pas de mèche tous deux pour m'attirer au fin fond de l'Allemagne. Je restais persuadé que notre première rencontre à tous trois, au Rockefeller Center, n'était pas le fruit du hasard, mais d'une ruse savamment calculée. J'espérais que l'effet de surprise trahirait les véritables sentiments que Lizbeth éprouvait encore pour son ex-mari. Je ne vis sur son visage qu'un mélange de frayeur et de dégoût. Elle lui tendit une de ces brioches en forme de cuirassé de poche que fabriquaient les boulangeries. «Goûtez-moi ce Graf von Spee. À moins que vous ne préfériez un petit Bismarck. Les Anglais aimeraient bien en manger, eux!»

Il secoua négativement la tête, puis grimaça, comme sous le coup d'une douleur secrète, d'un ulcère peut-être, qui le lançait sur une nouvelle idée comme un cheval qu'on venait de fouetter. «J'ai des nouvelles de votre père, dit-il à Lizbeth. Pas très bonnes. Il est mort à Dachau. Un arrêt cardiaque. Condoléances.»

Déjà elle ne l'écoutait plus. Elle se leva, ouvrit la porte-fenêtre de la terrasse et s'accouda au garde-fou. Il poussa un profond soupir.

«On ne sait jamais comment annoncer ces malheurs... Ainsi voilà le pacifiste réfugié chez les seigneurs de la guerre. Tant mieux! Berlin a besoin de vous. Oh! pas au front, mais en ondes, à côté des nationalistes irlandais, indiens, écossais et bretons!»

«Debout!» À peine fut-il sur ses pieds que Lizbeth

le giflait de toutes ses forces. «Il ne devait pas y avoir de crise cardiaque! Tous nos accords sont kaputt.» Je ressentis une forte jalousie: cette violence physique laissait supposer une grande intimité entre eux. Négligeant d'essuyer le mince filet de sang qui coulait de sa narine gauche, il alluma un cigarillo et, avec un sourire fat, plaça une photo sur la table entre nous. Notre fils souriait du fond d'un landau, que ma mère poussait entre deux bancs de neige, devant la caserne Atwater à Montréal.

«C'était le pôle Nord chez vous la semaine dernière, me dit-il. Et vous ne devinerez jamais qui a pris la photo. La liberté n'existe pas. Pour faire l'histoire, il faut lancer sa rage hors de soi. Vous, les peuples faibles, vous franchissez la mer Rouge partagée qui mugit au-dessus de vos têtes courbées. Nous, nous maudissons ce Dieu qui mâche lentement notre corps dans la salive du temps.»

Lizbeth nous quitta en sanglotant. Il avait vanté mes talents oratoires et ma plume acérée au ministère de la Propagande. Je devrais convaincre mes compatriotes de ne pas prendre les armes pour la cause perdue de l'Empire britannique.

J'écoutais sans sourciller. L'hiatus romantique de deux semaines venait de s'achever au bord de la mer du Nord. J'avais préservé jusqu'au dernier instant notre tranquillité dont je savais qu'elle était l'œil du cyclone qui allait nous emporter.

Il me proposa de travailler sous le pseudonyme de von Durham, du nom du dictateur du Canada qui avait écrit dans un rapport adressé à la jeune reine Victoria en 1838 que le «peuple canadien n'avait ni histoire, ni culture», et qu'il valait mieux le faire disparaître en l'assimilant. Je refusai cette suggestion qui nous aurait aliéné dès le départ notre auditoire. Nous tombâmes d'accord sur le nom de code de von Chénier, qui incarnait ce libérateur imbu de stratégie militaire prussienne que je me flattais de devenir.

Je me rendais cruellement compte à quel point ma conduite donnait raison au célèbre lord qui affirmait que les Canadiens français achèteraient la vengeance et un triomphe momentané contre les Anglais grâce à «un appel à n'importe quels ennemis et par la soumission à n'importe quel joug».

Hofer claqua des talons et s'inclina du torse.

— Von Chénier? Parfait! Auf Wiedersehen! Un détail: vous ne crachez pas assez loin en parlant allemand. Demandez à Madame: il faut postillonner à un mètre, sinon personne ne vous comprendra à Berlin. Je vous y attends la semaine prochaine, au ministère.

Il sortit d'un pas caricaturément militaire.

Je retournai à notre chambre et, le cœur brisé, je me couchai à côté de Lizbeth qui se cachait sous les couvertures. Je n'en finissais pas de tomber au fond de moi. Voilà cette chute dont parlent les Écritures, pensai-je. Péniblement, je me remis debout et pris la main contractée et humide de Lizbeth. «Nous serons les plus forts. Mais il faut que tu me dises la vérité sur Hofer et toi.»

«Il n'est plus rien pour moi.»

«Mais tu travaillais pour lui.»

«Non. Pour l'Abwehr. Je résumais des articles de journaux. Sur la production d'acier. Les problèmes politiques internes.» Notre rencontre n'avait donc rien eu d'accidentel. On lui avait demandé d'enquêter sur les mouvements séparatistes. J'avais passé des semaines à lui en expliquer les arcanes. Pour sauver la face, je lui mentis en lui déclarant que, déjà à Montréal, j'avais tout deviné. Et que c'est en connaissance de cause que je l'avais suivie à Kiel.

Les halos des phares dans le brouillard épais, et c'était Noël. Il faisait froid, nous n'avions plus de charbon, que de la choucroute à manger. Les fleuves étaient gelés. Churchill disait que s'il le fallait il finirait la guerre au Canada. Hitler lui répondait dans les journaux: «Il est probable que seuls les gentlemen intéressés par la poursuite de la guerre s'y exileront. Le peuple, j'en ai peur, devra demeurer en Angleterre.»

Avant de partir à Berlin, il nous restait à rendre un dernier hommage au père de Lizbeth. Nous prîmes le train jusqu'à la maison couverte de chaume qu'il avait habitée à côté de son temple, près de Dortmund. Friedrich, le frère de ma bien-aimée, nous reçut dans le jardin où il avait sorti tous les meubles et les vêtements de son père, qu'il vendait aux voisins dont seuls quelques-uns osaient présenter leurs condoléances. C'était un grand jeune homme au visage osseux, aux cheveux roux comme les miens, mais d'une longueur peu réglementaire sur son uniforme de marin, dont les yeux globuleux et rêveurs exprimaient une grande détermination. Sur le manteau de la cheminée du salon, entre une photo du défunt et un bouquet de lys blancs, scintillait l'urne métallique que le commandant de Dachau avait expédiée avec une sèche lettre de condoléances. Au lieu de lire un passage de la Bible, les deux orphelins récitèrent par cœur, d'une voix sourde, des poèmes de leur père, que les SA avaient brûlés sur la place publique quelques mois plus tôt.

«Lumière de l'amour! Ta splendeur dorée, elle brille donc aussi pour les morts!» À la nuit tombée, nous formâmes un petit cortège avec quelques ouailles, lecteurs et collègues pasteurs, qui marcha frileusement sous un ciel que faisaient rougeoyer les hauts fourneaux de Krupp, jusqu'à un pont de la Ruhr. Les cendres du poète se dispersèrent au-dessus du fleuve noir. Après les funérailles, Friedrich me prit à part et me dit, en me broyant la main:

«Vous êtes venu dans ce pays pour Lizbeth. Pas pour échapper à la prison. Ni pour faire des discours politiques à la radio. Alors si vous avez besoin d'aide, n'hésitez pas à m'appeler au ministère de la Marine.»

Nos voix résonnaient dans la maison à présent vide de meubles, devant laquelle Lizbeth attendait, son écharpe rouge claquant au vent.

«Eh bien, dis-je en m'éclaircissant la gorge avec embarras, si vous aviez un tuyau pour un appartement bon marché à Berlin...»

Au début, nous ne sentîmes pas le poids de la dictature. Mes premières prestations radiophoniques contentèrent mes maîtres propagandistes, et mes honoraires nous permirent de louer un petit meublé à l'angle des rues Joachimtaler et Kurfürstendamm, tout près de la cathédrale Kaiser-Wilhelm; à l'Ouest les poilus étendaient leur lessive à l'ombre de la ligne Maginot. La défaite de l'Empire britannique que je pressentais prochaine justifiait mes rêves indépendandistes les plus fous.

Mais Lizbeth m'inquiétait: elle considérait la mort de son père comme un assassinat. Au hasard d'un annuaire, elle adressait à des inconnus des lettres antinazies qu'elle tapait à la machine toute la journée avant de les poster en soirée dans des boîtes différentes. Ici la censure s'exerçait d'un appartement à l'autre, les voisins pouvaient vous dénoncer à la Gestapo pour propos séditieux tenus dans votre chambre. Mais quand la rage s'emparait d'elle, rien n'aurait pu la faire taire: d'une voix stridente, qui traversait sûrement les murs, elle injuriait les chefs du régime: des merdeux, des scrofuleux, des impuissants, des syphilitiques. J'attribuais son impunité à la protection de Hofer. Mes doutes se confirmèrent lorsque celui-ci me demanda de la calmer. Un maître de poste l'avait dénoncée. Il me rassura: ces accusations seraient renvoyées à l'expéditeur. Deux nuits plus tard celui-ci était en effet arrêté par la Gestapo.

Je ne désire point entrer ici dans les détails sordides de mes prestations de speaker à Radio-Berlin. Nous émettions à partir de Stuttgart. Je donnais des nouvelles des prisonniers de guerre, au début assez bien traités, je comparais avec ironie les menus des officiers anglais avec ceux des «petits gars de chez nous». Au micro de la Maison de la Radio, sur la place Adolf-Hitler, je rencontrais encore des collègues de la CBS qui transmettaient en direct, avec traduction simultanée, les discours du chancelier. Je crachais du feu. Surtout après la catastrophe des falaises de Dieppe: six mille morts, la fleur de la jeunesse canadienne-française envoyée à la boucherie, photographiée dans les carcasses de chars et dans des navires brisés. Grogne et cacophonie. Très dure langue allemande. Mes dents croquaient les mots, les mâchaient pour les dire, s'y brisaient comme sur des galets. Dans l'évier, mon sang coulait mêlé de salive, rouge et blanc: quinte de toux dans le tréfond de la gorge, pays distancié qui se remettait à m'appeler les soirs de blizzard.

À part son frère, reparti en mer à bord d'un torpilleur, Lizbeth ne possédait pour toute famille qu'une tante à Munich. Elle travaillait à la Section II de l'Abwehr, pour le général Erwin von Lahousen-Vivremont, au 74 quai Tirpiz, au même étage que l'amiral Canaris à qui elle semblait vouer une admiration sans borne.

«C'est un renard. Mais j'ai tellement peur que ces salauds finissent par le coincer!»

Elle ne me disait rien de ses activités à la section de sabotage à l'étranger. Nous ne fréquentions pour ainsi dire personne. Parfois j'invitais Merry Groves, du Chicago Tribune, mais dès après Pearl Harbor, en septembre 1941, ces petits dîners entre Nord-Américains devinrent impossibles. Lors des grandes finales de hockey, je lui avais arraché une centaine de marks en pariant contre son club des Black Hawks de Chicago et pour les Canadiens de Montréal.

«Vous avez plus de discernement en sport qu'en politique», me dit-il en me payant avec un clin d'œil. Hofer venait aussi, avec ses collègues du Berliner Rundfunk. Il racontait des histoires affreuses sur les Juifs, comme cette Frau Liebermann, que la Gestapo vint chercher dans son appartement décoré des tableaux de son mari Max, à l'âge de quatre-vingt-cinq ans.

«On l'a emportée sur une civière, dit-il. Elle avait caché sur elle un tube de véronal qu'elle a avalé pendant le transport. Elle était morte en arrivant au point de rassemblement pour le camp. Une vieille très futée. Officiellement, on a brûlé toutes les toiles de son époux. En fait vous les trouverez dans les caves de Gœring.»

Lizbeth avait mis un terme à sa carrière musicale, mais j'insistais pour que nous continuions les duos qui, à Montréal, l'apaisaient. Je réquisitionnai deux pianos droits, que nous dûmes placer, faute d'espace, un dans notre chambre et l'autre dans le salon, à côté d'un grand poêle wilhelmien de porcelaine blanche.

Son doigté ainsi que son choix d'œuvres trahissaient un grand chagrin; elle délaissait Mozart pour Schumann et les derniers Liszt. Un jour que je revenais des jardins de l'ancien palais royal, où Gœbbels avait donné une fête pour le ministère, avec laquais poudrés tenant des torches derrière des tables croulant de faisans, je l'entendis qui jouait une pièce déchirante. Elle s'arrêta après quelques mesures, mais sans venir à ma rencontre dans le vestibule. Je prêtai l'oreille au silence inquiétant qui me parvenait de notre chambre, voilée de lourds rideaux de velours et meublée d'un grand lit à l'allemande, si sobre avec son traversin et son édredon, si différent de notre couche canadienne avec ses taies d'oreillers et sa courtepointe bigarrée.

À plusieurs reprises j'entendis un crissement, qui me rappela le bruit d'un cadran téléphonique et je crus que Lizbeth tentait d'appeler le Canada, mais soudain j'aperçus, franchissant la porte sur ses roues dissimulées par des pattes de peluche grise, le lièvre mécanique de notre fils.

Je posai l'animal sur une crédence, à l'envers pour que s'épuise dans le vide son mouvement, et prenant Lizbeth sanglotante dans mes bras je lui jurai que je lui ramènerais notre enfant. «Tu ne comprends donc rien! Il faut le laisser là-bas. Il mange de la viande chaque semaine. Il dort dans sa chambre, loin de ces saloperies de bombardiers.»

«Peut-être. Mais cette séparation te tue.»

Elle essuya ses larmes contre ma poitrine, se dégagea de mon étreinte et sourit bravement: «Je tiendrai le coup. D'ailleurs la guerre achève, n'est-ce-pas?»

Par les rares lettres qui nous parvenaient de la poste restante du consulat allemand au Portugal, j'appris que ma famille avait déménagé à Québec. Mon frère le capitaine Perceval déclarait ressentir d'autant plus cruellement ce qu'il appelait ma traîtrise qu'il appartenait à l'état-major des services de renseignement où l'on se moquait ouvertement de la lâcheté des «frogs». Mon fils commençait à parler. «En français, comme tu le souhaites sûrement», précisait Perceval qui se faisait momentanément passer pour le père de l'enfant, afin d'éviter qu'une indiscrétion n'expose en Christophe le fils du traître von Chénier.

Durant ses permissions, il l'emmenait à l'Ancienne-Lorette voir décoller les bombardiers qui traverseraient l'Atlantique après une escale à Gander, Terre-Neuve, pour se joindre aux escadrilles canadiennes qui commençaient à attaquer le ciel allemand.

Mon frère avait épousé une Acadienne de Halifax. Elle se consolait avec Christophe d'une infécondité qu'elle jugeait temporaire, ce que personne n'eut l'occasion de vérifier puisqu'elle périt dans le naufrage du Charlottetown, torpillé en septembre 1942 au large de Matane. À cent-cinquante milles de son port de destination, Halifax, où elle comptait séjourner deux semaines dans sa famille. Christophe se retrouva ainsi orphelin et porta le deuil d'une mère fictive, dont on ne retrouva jamais le cadavre, pendant que la sienne survivait sous les bombardements de Berlin.

QUATRIÈME CAHIER

Au micro de Radio-Berlin, en cet hiver de l'année1942, je hurlais à me déboîter la mâchoire. Le diable naissait de la chute de la raison, le sens continuait plus haut, dans un modelé moins net, mais plus puissant encore. J'organisais mes spasmes. Je crachais l'hostie du tabernacle, que c'était bon de défier la criminelle force qui nous avait créés par un soir de dissipation!

Avis au propriétaire de l'usine de munitions de Longueuil: ne vous donnez pas la peine de peindre la toiture, vous n'en aurez pas besoin. La pâtisserie de Jean-Étienne Dumont, au coin de la rue Sainte-Catherine et du boulevard Saint-Laurent, offrira un excellent point de repère aux bombardiers Junkers. Quant aux marchands de la rue Saint-Jean, à Québec, qui réclament que la chaussée soit élargie, rassurez-vous: les Stukas s'en chargeront. Détruire les mots pour les dire.

Décrisper les yeux pour ne plus former d'images, ramollir les lèvres pour ne plus prononcer que l'extase. Oh! la sensation de l'hostie sur mon palais.

Ce dieu qu'on sent sur sa langue, qui provoque une brusque et abondante salivation, qui fond et qu'on avale les yeux fermés, attentif à la cascade sacrée qui se forme à l'œsophage, coulant jusque dans l'estomac, dix mille kilomètres plus bas, car on se sent montagne, himalaya, quand le dieu s'intalle en nous, et notre corps recèle d'immenses cavernes. Donnez-moi Patmos, et je vous écrirai des apocalypses, je vous en inventerai des anges exterminateurs, avec des gueules de Juif fou.

Mon père tout-puissant, prends-moi dans tes bras. Oh! dieu que mon frère doit se sentir heureux quand notre mère le serre contre lui! Mais moi, personne ne me consolera. Pas même le nirvâna qui recule quand j'avance. Hamlet québécois, un éternel livre à la main, la tête pleine d'obscurs complots condamnés à l'échec.

CINQUIÈME CAHIER

En juin 1943, je reçus un ordre de mission signé par le docteur Gœbbels lui-même, qui me détachait du ministère de la Propagande auprès de l'Abwehr. On se contenta de m'annoncer laconiquement que je devrais bientôt me rendre dans ma ville natale, dans ce Québec que j'avais presque renoncé à revoir tant la guerre s'éternisait. J'étais sidéré.

Catapulté de mon confortable appartement de la Kaiserstrasse, où Lizbeth tapait mes discours avant leur diffusion par Radio-Berlin, expédié dare-dare dans un camp d'entraînement de l'Abwehr à Dortmund, moi le plumitif de l'intoxication, le Nelligan de la désinformation, échappant aux chapelets de bombes de la RAF grâce au scapulaire que l'abbé Dion m'avait tendrement passé autour du cou alors que je finissais mes études au séminaire de Québec, je subissais une semaine d'entraînement intensif au tir de précision. Une mission importante m'attendait, si j'en jugeais par le nombre de personnes qui s'occupaient de moi et par la très haute priorité qu'on avait accordée à mes déplacements.

Un des instructeurs m'expliqua que, dans tout le Reich, on n'avait pu trouver, hors moi, un seul Canadien français sûr et ami. On s'excusait donc de m'arracher à mon micro, mais une fois que je connaîtrais l'objectif de ma mission, lequel ne me serait communiqué qu'au dernier instant pour des raisons de sécurité, je comprendrais que selon mon souhait maintes fois répété, on m'avait donné un rendez-vous avec l'histoire.

Un soir le frère de Lizbeth, Friedrich, me fit demander à l'entrée de la caserne, sans se nommer. Il m'entraîna dans les rues étroites. Il avait un bras en écharpe et, sur le front, une blessure du même rouge que ses cheveux ébouriffés sous sa casquette de lieutenant de marine. Après deux ans de ligne de feu, il se retrouvait Quai Tirpiz, sous les ordres du colonel baron Wessel von Freytag-Loringhoven, chef de la section II de l'Abwehr, grâce à l'intervention de Lizbeth.

«Le baron vous a remarqué lors d'une soirée à sa villa. D'où votre ordre de mission. Votre patron Hofer est furieux et s'est plaint à Gœbbels. Mais je ne suis pas venu pour cela...» Il dut s'interrompre le temps de traverser une place où des haut-parleurs diffusaient à rompre les oreilles, ici comme partout en Deutschland, un discours du chancelier sur Stalingrad. «Jamais le soldat allemand ne reculera...» Du grave profond au suraigu dans le même mot, la voix hurlait au-dessus de la foule indifférente.

«Vous allez avoir un compagnon lors de cette mission. Il ira vous rejoindre à Québec. Il a reçu ordre de Himmler de vous aider en tout, puis, au moment du retour, de vous exécuter. Tuez-le avant qu'il agisse.

Et ensuite, revenez. Il faut revenir. Parce que la famille d'un traître est coupable. Quand on a trouvé les auteurs de l'attentat raté, en 39, on a tué les bébés. Alors Lizbeth, si vous restiez dans votre Québec... C'est bien ainsi que vous vous plaisez à nommer votre pays ? J'ai apporté quelques documents qui devraient vous intéresser... Je ne suis pas seul à croire qu'il faut tuer le Monstre.» Il me laissa sur un Heil! ironique.

Je n'ouvris l'enveloppe qu'il m'avait laissée qu'une fois enfermé dans ma chambre. C'étaient les plans pour l'intégration du Québec au Grand Reich, élaborés par Hofer dans son bureau fumeux de la Friedrichstrasse. Il avait tapissé ses murs de cartes jaunies et de blasons fleurdelysés récoltés lors de son premier séjour au Québec, avec Ribbentrop, pendant la construction de ce pont suspendu que l'ingénieur allemand avait réussi à faire s'écrouler au beau milieu du Saint-Laurent, en raison de ses calculs erronés.

Après l'effondrement rapide de la Pologne, défendue par des hussards à cheval comme par autant de figurines de plomb, la stratégie teutonique était devenue mondiale, et Hofer, jaloux des carrières fulgurantes de ses collègues, naguère charcutiers et maintenant vice-rois de Tchécoslovaquie ou de Pologne, se voyait déjà gauleiter du Québec. Il s'était représenté lui-même sur une affiche, haranguant du haut d'une tribune une foule rassemblée sur la terrasse devant le décor néo-gothique du Château Frontenac. Un aigle immense déployait ses ailes au-dessus d'un écusson à fleur de lys.

À Franck qui se plaignait que la Pologne qu'il administrait n'avait pas assez d'arbres pour fournir le papier sur lequel on imprimait ses ordres d'exécution, Hofer avait répondu que la forêt québécoise permettrait de publier les noms des condamnés pendant mille ans. Sachant à quel point les défenses du Québec étaient inefficaces, il s'était fait le chaud partisan auprès de l'état-major d'un blitz semblable à celui qui avait fait tomber la Norvège. Une seule division de parachutistes, appuyée dans les jours suivants par le débarquement d'un corps de panzers, lui aurait suffi pour s'emparer du Québec tout entier. Un gouvernement national québécois formé à la hâte, comme celui de Quisling à Oslo, aurait assuré l'ordre dans les rues, tout en saluant les troupes allemandes comme des libérateurs du joug britannique. «Nous aurions ainsi un revolver pointé sur la tempe des États industriels américains. N'oubliez pas, messieurs, que le sort du continent s'est décidé dans cette petite ville, à la suite de l'audace d'un général divisionnaire britannique: Wolfe. Récrivons l'histoire à l'envers.»

L'épaule droite endolorie par le recul violent de mon arme pendant mes longues heures d'entraînement sur le champ de tir, mais toujours vêtu en civil, je me rapportai à Kiel au commandant de marine Hans von Gundrich. «Ach so, c'est vous von Chénier, me dit-il avec un sourire surprenant dans ce visage bouffi et rougi par de longs mois de séjour dans un sarcophage d'acier. J'écoute toujours votre émission quand nous patrouillons le golfe du Saint-Laurent.» «Vous êtes Adrien ?»

Malgré ses protestations, je compris que je me trouvais en présence de mon informateur secret, celui qui me communiquait par ondes courtes le programme musical des différents hôtels de la Gaspésie, dans le but de démoraliser mes compatriotes en leur démontrant que les espions de l'Axe étaient partout, mais aussi pour se distraire, lui qui devait ses yeux cernés à des causes moins patriotiques et plus charnelles que de longues heures de veille au périscope à scruter l'horizon pour y dénicher les convois de l'Atlantique.

«Malheureusement, dit-il, mon U-Boot n'est pas encore réparé. Nous ne partirons pas avant deux semaines.»

Von Gundrich, qui connaissait et aimait le Québec, m'invita à séjourner chez lui. Il avait travaillé comme ingénieur avec Hofer, au service de la firme de von Ribbentrop quand ce dernier était venu construire un pont suspendu entre les deux rives du Saint-Laurent. «J'avais déjà quitté votre pays lors de la catastrophe, me dit-il. J'espère pour le Reich que ses alliances diplomatiques seront plus solides que ses ponts.»

Le soir même, au moment où je tentais de rejoindre Lizbeth à travers un barrage d'appels supérieurement prioritaires au mien, Hofer me téléphona qu'elle était sérieusement menacée d'emprisonnement pour propos défaitistes. Mais le succès prochain de ma mission — il la croyait importantissime sans rien en savoir — lui rendrait sûrement son indispensable optimisme et compenserait la mauvaise influence posthume de son père, cet homosexuel qui avait souffert d'une déformation génétique du caractère normalement viril de la race aryenne.

Von Gundrich fit irruption dans ma chambre et m'invita à une croisière à bord du Helgoland, le yacht du Führer où le Grand Clown n'avait mis les pieds que deux fois, pour fins de films de propagande, le montrant bronzé et souriant parmi les pêcheurs de la Baltique. «Le Helgoland a gagné la course New York – Barcelone en 1937», me dit von Gundrich négligemment, tandis que nous quittions le port où me frappa l'absence des grands cuirassés, tous coulés maintenant. «Cela peut toujours servir, n'est-ce pas», ajouta-t-il avec un clin d'œil qui enlevait toute équivoque à son propos: le cas échéant, il fuirait son Vaterland dans cette coque de noix.

C'est pourtant ce même défaitiste qui refusa de me donner l'enveloppe scellée contenant mes ordres de mission et les fausses pièces d'identité avant de me voir quitter le sous-marin, par une nuit sans lune. Par quel moyen, je l'ignore, les Allemands avaient appris que Churchill et Roosevelt, les deux maîtres de la Grande Alliance, se rencontraient dans la capitale d'un de leurs empires coloniaux, à Québec, du 10 au 15 août 1943, pour y discuter de l'invasion du continent. Ma mission: liquider ces potentats ou, à défaut, découvrir le lieu qu'ils choisiraient pour le débarquement.

Le sous-marin me laissa en pleine nuit dans la baie des Chaleurs, puis plongea avec le bruit d'un immense évier qu'on vide. Je pagayai malhabilement jusqu'au port de Paspébiac et j'immergeai dans le barachois mon radeau pneumatique dégonflé et lesté d'une pierre du précambrien si particulière à cette région.

À l'aube, avant de quitter la forêt et d'entrer dans New Carlisle où un train vers Québec passait à neuf

heures trente, j'ouvris ma valise pour constater l'ana-
chronisme commis par les maîtres espions de l'amiral
Canaris, ainsi que leur ridicule permis de conduire
ontarien, ma seule pièce d'identité, parfaitement
imité par les faussaires nazis à ce détail près qu'il était
rédigé en anglais et en français, et qu'il eût mieux valu
me donner des documents rédigés carrément en
allemand!

Voilà pourquoi je me retrouvai à la pension
Talbot, avec rien dans les mains, rien dans les poches,
sauf une prétendue capsule de cyanure qui devait
contenir de l'huile de foie de morue.

Winston Churchill, habillé en duchesse et
perruqué, conduisait la royale diligence britannique
du haut du siège du cocher. Il fumait un cigare que
ses lèvres fardées maculaient de rouge. Dans la
cabine, on n'apercevait pas le monarque, mais une
pile de lingots d'or qui s'entassaient jusque sous la
galerie à bagages et qui faisaient ployer les essieux.
Churchill fouettait les deux chevaux qui l'entraî-
naient vers la Citadelle, ancienne résidence de lord
Durham où logeaient à présent les nouveaux maîtres
de l'Empire d'Occident, pour la durée de la Conférence de Québec.

Le fracas des sabots se répercutait sous les arches
de la porte Saint-Denis, puis dans le dédale de ruelles
escarpées qui menaient vers le haut du cap Diamant.
Ici s'était arrêtée l'histoire pour mon peuple comme
pour celui de la Belle au bois dormant quand un
traître avait livré aux soldats de Wolfe le secret de nos
fortifications. Sous les masques chevalins des deux
bêtes de trait, je reconnus soudain les visages de mon

père et de mon grand-père, qui hennissant de douleur sous le fouet, semblaient m'implorer de les délivrer de leur humiliante zoomorphose.

Au réveil, je me jetai sous la douche, m'ébouillantai parce que la poignée du robinet d'eau froide tournait à vide, pris un café, dilution au centième du "turkisk kaffee" dont j'avais pris l'habitude en Teutonie, puis je lus les journaux à qui la censure permettait d'annoncer le début de la Conférence de Québec. D'ici deux jours, madame Talbot me demanderait de lui régler une première semaine. Je passai à la banque pour y faire changer, en inventant une histoire d'héritage, les billets d'un dollar d'un format trop grand, qu'on n'utilisait plus depuis 1935, et que ces imbéciles de l'Abwehr m'avaient donnés.

En dépit d'incroyables ratés, le plan de la race des seigneurs semblait rouler encore sur le chemin cahoteux et sinueux que l'Histoire suivait dans ce coin perdu: la veille, j'avais reçu la visite attendue de notre informateur, le capitaine Dansereau de la Police du Québec, celui-là même qui m'avait prévenu quatre ans plus tôt de mon imminente arrestation. Il assurait la sécurité de la Conférence de Québec, sous la supervision de la Gendarmerie royale.

«Dans deux jours, Churchill et Roosevelt visiteront les plaines d'Abraham», me dit-il en dévorant le hachis cru dont il se nourrissait exclusivement. Un lambeau de viande collé sur son front bas et froncé lui donnait l'air d'un bœuf carnivore. Secrètement nazi, il commandait un escadron anticommuniste et briseur de grèves. «Vous n'aurez aucune chance de vous en sortir», ajouta-t-il avec un regard soupçonneux.

«Nous verrons. Mais un bon soldat doit obéir sans critiquer ses chefs», répondis-je.

Il éructa sa bière et grogna: «Comme vous dites!»

* * *

Dans la cour intérieure de la pension, exténué, affalé en maillot sur la chaise longue, avec le soleil qui me léchait de sa langue de miel, les ramures que le vent balançait, le doux murmure des oisillons; pas de place pour le désespoir dans l'air tiède de ce dimanche matin. Madame Talbot m'avait laissé seul pour se rendre à la grand-messe des Saints-Martyrs-Canadiens. Je serrais une glaciale bouteille de bière entre mes cuisses nues. La radio clamait la description d'un match de baseball entre les Chevaliers de Saint-Sauveur et les Royaux de Trois-Rivières.

L'Allemagne me paraissait si loin, ses odeurs de poudre, de cadavres carbonisés, de poussière soulevée par la chenille des chars, ses cris de commandement, ses détonations de DCA, tout cela s'évanouissait dans l'odeur des roses, le tintement d'une clochette de calèche qui remontait la côte, le klaxon solitaire d'une voiture, et ce claquement de portière qui venait de la petite rue, les talons sur le hall d'entrée, puis sur les dalles de la terrasse. Ma mère s'approchait de moi, émouvante dans la robe de deuil qu'elle avait portée à la mort de mon père.

Je ne l'attendais pas si tôt après mon appel. «André?», demanda-t-elle, s'arrêtant tandis que je l'observais par-dessus mon magazine que je finis par abaisser. Elle étouffa un petit cri en mordant sa main droite gantée de dentelle. Pur regard, comme chaque fois que le chagrin menaçait ma raison. Je me levai, pour la dominer de ma stature, et je lui tendis ma bière, qu'elle m'arracha et vida d'un trait, la tête renversée, la main sur la hanche.

«Tu es vraiment revenu ici en sous-marin? Ton style. Toujours fâché? Tu penses toujours que j'ai tué ton père en le trompant.»

Elle soupesa la bouteille, puis la lança sur le mur du jardin. «P'tit Christ! Come here!» Bras ballants, je la laissai me serrer contre sa poitrine. Son parfum, ses cheveux. «La balle est... hors-jeu!» Je me libérai de son étreinte et je fermai la radio.

Elle dit admirer l'énergie rageuse et colérique de mes discours même s'ils rabâchaient les bonbons empoisonnés des défaites ancestrales. Mais comment avais-je pu m'allier aux obscurantistes fascistes! Par la faute de mon père qui m'avait élevé dans un cercle de haine. Elle y avait beaucoup pensé. Il me disait que mon peuple était pitoyable. Il en avait honte. De sa façon de s'exprimer. Ou plutôt de son absence totale d'expression. Ce peuple, comme les pierres, ne disait rien. Et moi, là-dedans, coincé par la logique. Il fallait que je me démarque de ma tribu. Condamné à la trahison.

«Je n'ai pas trahi mon pays. J'ai trouvé des alliés contre ses ennemis.» «Quel pays? Le Québec? C'est une simple province. Tu as trahi l'humanité. La tienne. La mienne. Et pas même pour trente deniers.» Elle me gifla avec le faux billet d'un dollar de l'Abwehr.

«Chère petite maman, chuchotai-je. Je parie que

quand je mourrai tu t'arrangeras pour que personne ne sache que j'ai existé.»

«Qu'es-tu venu faire?»

«Tuer Churchill et Roosevelt.» Cruel, oui je voulais provoquer la terreur. Mon père s'était suicidé par manque d'histoire à raconter. Moi, je ne laisserais pas ma rage se retourner contre moi.

Elle éclata de rire. Mais son œil m'épiait. Si je disais vrai? Avec moi, on pouvait craindre le pire. Elle fit quelques pas dans le jardin, s'informa de la santé de Lizbeth, tandis que je cueillais un œillet jaune pour elle. Les parents ont, derrière leur visage mortel, la puissance des dieux antiques. Ma mère: parfums chauds et doux, brosse lissant interminablement une chevelure rousse.

«Tu t'amuses à me faire peur.» C'est à ce moment que Fagl pénétra dans la pension, se baissant pour passer sous la porte d'entrée, puis s'avançant dans le couloir qui menait dans la cour. Il portait comme convenu l'uniforme des aviateurs de la Pologne Libre, dont le bleu lui seyait mieux que le noir habituel des SD de Heydrich. Allemand natif de Dantzig, il parlait un polonais impeccable. Il me fit un salut militaire et me demanda en anglais où il pouvait trouver Madame Talbot. «J'ai un coupon de logement», dit-il en agitant un document, en même temps qu'il me questionnait des yeux en regardant ma mère. Je lui dis de s'installer au salon. La logeuse ne devrait pas tarder à revenir de l'église.

«Cet homme et toi, vous faites semblant de ne pas vous connaître. Pourquoi?», demanda ma mère une fois qu'il nous eut quittés. «C'est un tueur. Un des plus efficaces de ce pauvre Heydrich, que les Tchèques ont assassiné l'an dernier à Prague. Trois mille exécutions en représailles. C'est lui, Fagl, qui les a organisées. On me l'a envoyé parce que les Allemands n'ont pas confiance que je puisse réussir seul ma mission.» Elle avait pâli. «Tais-toi.» «Oh! il ne risque pas de comprendre! Il ne parle pas le français. C'est son point faible. Attends-moi !»

Je rejoignis Fagl, tendu comme les ressorts d'un piège sur le point de se refermer. Courtes boucles blondes, nez épaté, front bas, mains énormes. «Wo ist Roosevelt?» Droit au but. Il apportait nos fusils d'assaut en pièces détachées dans sa sacoche de cuir. L'amiral Canaris nous avait divisé le travail. Moi, Churchill; lui, Roosevelt. La riposte des services de sécurité ne nous permettrait que deux coups de feu simultanés, et non pas consécutifs.

Je lui répondis que je ne connaissais pas encore l'horaire de Roosevelt. «Qui est cette femme?» «Personne. Une amie de la logeuse. Je dois la raccompagner chez elle.» «Schnell!» Je le conduisis à ma chambre, où il s'écroula sur le lit. Son voyage depuis l'Allemagne avait dû être rude.

Dans le taxi, je n'osai parler à ma mère. Je demandai au chauffeur de nous conduire à la terrasse du Château Frontenac. Le vent était doux. La flotte de Wolfe avait remonté entre l'île d'Orléans et la rive nord. Trois mille boulets par jour tombèrent sur la ville assiégée. Les églises brûlaient avec les blessés sur les brancards.

Jamais vu autant de monde ici. Ça grouillait de

journalistes parlant une vingtaine de langues, de hauts gradés américains, britanniques, canadiens. Une rumeur voulait que Churchill eût commandé la veille un «ragoût de pattes de cochon» et qu'il avait failli crever d'une indigestion. L'ascétique Roosevelt, lui, s'était contenté de déguster du fromage d'Oka.

J'aperçus quelques collègues de Montréal. Complètement dissimulé par mon feutre rabattu, dans le bandeau duquel j'avais glissé une carte de presse, et mes lunettes fumées à la McArthur, je circulais parmi eux sans qu'ils me reconnussent. Des officiers saluèrent ma mère, qui marchait sans prendre mon bras offert.

Je lui avouai ce qui me brûlait depuis tout à l'heure. «Maman, je me suis trompé. On ne peut rien attendre des Allemands. Sinon pire que les Anglais.»

«Je te remercie. It's so nice for your mother to hear that!», me répondit-elle avec un sourire, une main sur sa capeline de feutre vert pour l'empêcher de s'envoler.

«Je ne veux pas vraiment assassiner Churchill. Mais à moins que je revienne à Berlin avec d'autres résultats tangibles, je n'aurai pas le choix de passer à l'action, quitte à y laisser ma peau. Sinon ils vont exécuter Lizbeth. Alors je te demande de parler à Perceval. Qu'il m'obtienne une copie des plans de l'invasion de l'Europe. Vrais ou faux, peu importe. Mais je veux qu'ils portent les cachets du GQG allié sur chaque page. Tu m'entends?»

Comme elle continuait à marcher sans répondre, je rentrai le menton et sans desserrer les lèvres, je lançai: «À mort Churchill! Vive le Québec libre!»

Quelques personnes se retournèrent, perplexes. Mais l'arrivée de deux autocars pleins de correspondants américains devant la porte cochère de l'hôtel détourna l'attention générale. De gros nuages cachèrent le soleil; des bourrasques secouèrent les érables; en quinze minutes, le temps s'était rafraîchi de plusieurs degrés.

«Libérez le maire de Montréal! À bas la conscription !» Cette fois il y eut un murmure dans la foule. Des regards s'attardèrent sur nous, mais je restai de marbre, concentrant toute mon énergie sur mes mâchoires. Qui dans cette foule pensait à Camillien Houde, prisonnier d'un camp de concentration ontarien, à Petawawa ? On avait cueilli sur l'escalier de la mairie de Montréal le nabot ventripotent et chauve qui, pour garder sa contenance, s'était mis à chanter «Alouette, gentille alouette», refrain que le maire anticonscriptionniste a encore le loisir de reprendre aux travaux forcés, lui que ses geôliers surnomment le «gros pois» (big pea).

Au moment où je gonflais ma poitrine pour lancer un nouveau slogan, ma mère dit: «Arrête, tu as gagné. Je vais voir ce que je peux faire.»

Je souris. Je raflais la mise avec ma seule carte: la peur du scandale, surtout ici devant ces journalistes américains qui ne se laisseraient pas bâillonner par la censure: «French Canadian nationalist disturbs Quebec conference».

«Si tu peux obtenir un procès-verbal de la conférence, montre-toi près de la tribune officielle avec une enveloppe verte.»

«Et l'autre?»

«Fagl? Je m'occupe de lui.» Elle ignorait que Fagl avait comme mission de laisser mon cadavre derrière lui pour semer la dissension parmi les Alliés. Un Canadien aurait abattu les chefs d'État! Geste politiquement plus lourd qu'un meurtre commis par un agent allemand.

«J'ai une dernière faveur à te demander, ajoutai-je. Je voudrais voir Christophe.» Elle se mordit la lèvre inférieure en hésitant, puis hocha la tête en disant:

«C'est ton fils après tout. Jure-moi de ne pas le mêler à cette affaire et je te le laisse pendant une heure cet après-midi, en l'absence de Perceval.»

* * *

Mon frère avait tenté de m'effacer de l'existence de Christophe, de me transformer en personnage imaginaire, en erreur de transcription sur un acte de naissance. Il devenait indispensable de me manifester.

Virginia me demanda d'attendre sur le balcon. Par les rideaux entrouverts, j'épiais la chambre vide de mon fils. Un tableau représentait un moulin à vent devant la mer. Christophe devait s'endormir en le contemplant, imaginant que les vagues tumultueuses ne l'arrêtaient pas, qu'une force miraculeuse animait ses bras, et que ses yeux perçaient le brouillard épais.

Il cherchait peut-être dans ses rêves le paquebot qui avait transporté sa fausse mère, deux ans plus tôt. Sa barque voyageait ainsi dans le temps et il entendait la torpille lancée par le méchant sous-marinier nazi, l'explosion du Charlottetown, puis des cris de terreur. Il redoublait d'ardeur, mais il arrivait toujours trop tard: des débris, une nappe de mazout, mais personne. Maman! Il criait en pleurant, debout dans l'embarcation qui tanguait dangereusement.

Puis il courait au salon. Sa grand-mère tricotait un pull, le capitaine Perceval déplaçait des broquettes noires sur une carte de l'Europe, pour indiquer le recul des troupes allemandes. Durant ces grandes manœuvres imaginaires, il vitupérait contre von Chénier, le traître de Radio-Berlin qu'il écoutait chaque mercredi soir sur les ondes courtes, qui les exhortait en français, avec un léger accent québécois, à l'insurrection contre l'occupant britannique.

«Christophe, voilà ton oncle. Je te confie à lui», dit Virginia en s'avançant sur le balcon avec un angelot de quatre ans aux boucles blondes, qui se serrait contre sa jupe.

«Comme tu ressembles à ta mère!», dis-je à mon enfant avant de le prendre dans mes bras et de redescendre vers le taxi qui attendait dans la rue. Je souriais en le déposant sur la banquette arrière.

«Au musée!», commandai-je au chauffeur. Il prit à gauche dans la rue Buade et accéléra en trombe sur la Grande Allée, à droite du Parlement. Il tourna brusquement à gauche, sur un chemin pavé qui traversait les plaines d'Abraham, plutôt désertes en ce creux d'après-midi, puis se gara devant la colonnade dorique.

Le 10 août 1943, mon fils me suivit dans le musée, à travers des salles inondées de soleil, où des ours empaillés brandissaient leurs griffes et leurs crocs découverts au-dessus d'Algonquins de cire agenouillés dans l'air poussiéreux des vitrines. Nous gravîmes l'escalier de marbre jusqu'au dernier étage. J'attendis de me trouver seul avec lui, puis, par une porte dérobée, je gagnai le toit plat et recouvert de gravier goudronné. De là le regard s'étendait au vallonnement mauve de la Chaîne des Laurentides vers le nord; au Château Frontenac, dont le donjon et les tourelles rappelaient le gaillard arrière d'un galion avec sa proue de granit, le cap Diamant, pointant vers l'estuaire; à la rive opposée du Saint-Laurent, mince bande noire escarpée entre le ciel pur et le fleuve scintillant. Christophe me serrait la main.

«Tu vois cette ville avec ses remparts? Froide, froide même en été. Depuis deux siècles que nous y gelons, que nous y mourons. On te dira à l'école que c'est là notre patrie. Mais ce n'est rien. La patrie, c'est un père qui parle à l'oreille de son enfant. Tu n'as plus de père, paraît-il, et moi, j'ai perdu mon fils. Tu sais comment ils nous ont enlevé notre pays?»

À l'extrémité de la plaine qui s'étendait sur deux kilomètres, je montrai une échancrure dans les arbres qui ouvrait sur l'Anse-aux-Foulons, point de débarquement de l'armée de Wolfe en 1759. La falaise à pic plongeait dans le Saint-Laurent que visaient encore les canons français de l'époque.

Ici le traître Vignol avait laissé grimper les bataillons écossais qui au matin s'étaient déployés derrière leur général, malingre et roux, mais absolument déterminé à détruire la Nouvelle-France. Enragé par le son narquois des cornemuses, Montcalm avait ordonné à ses troupes de quitter les remparts. Elles avaient marché en désordre, avec des cris pour se donner du courage. Les Anglais, eux, ne comptaient que sur leur silencieuse discipline et sur le feu roulant de leurs carrés d'infanterie.

«Nous préférons oublier, dis-je à mon fils, mais les vainqueurs eux se souviennent. Dans quelques jours ils visiteront la colonne Wolfe, érigée à leur gloire ancienne.»

J'entendais claquer les drapeaux qui entouraient la tribune, en bas, où Churchill et Roosevelt recevraient le salut de la garde de la Citadelle et continueraient à discuter de leur plan d'invasion de l'Europe, sur lequel ils ne s'accordaient toujours pas en ce début d'août. De mon poste d'observation, il y avait un demi-kilomètre, que franchiraient sans peine les balles de mon Mauser équipé d'une lunette télescopique. Déjà j'imaginais la silhouette de Churchill. Si ma mère n'apportait pas l'enveloppe, von Chénier aurait raison contre lord Durham, il montrerait que nous avions une histoire qui pouvait se heurter violemment avec celle du monde. Je ramenai Christophe à Virginia sur le coup de quatre heures, comme promis.

Le soir même, Dansereau me téléphona pour me donner l'heure de la visite officielle des Plaines, le lendemain. Fagl et moi évacuâmes la pension Talbot pour nous installer sur le toit du musée. On y attendait les visiteurs pour le lendemain à dix heures. Le quartier ne serait bouclé qu'à l'aube. J'avais déjà vu Fagl en action. C'était une bête étonnante de rapidité et de ruse. J'assemblai mon Mauser. Nuit de gin et d'étoiles en fusion, de terreur et de veille. Il me montra la photo de sa fiancée: des bretelles bavaroises sur une ample poitrine nue. Il pissa au milieu du toit, dans une bouche d'aération.

Ce n'est pas lui qui tuait, mais un chien qui lui mordait le ventre pour l'obliger à passer à l'action. Il calmait la bête, il la flattait. Avec une arme de cette qualité, il suffisait de frôler la détente de l'index. Fagl pleurait en pensant à sa victime. «Ah mon dieu, quelle usine à douleurs se déverse ici», me dit-il en se frappant l'estomac, tandis qu'il tremblait comme en proie à une crise d'épilepsie! Il cherchait l'apaisement dans les spasmes finals de ceux qu'il abattait.

Il dormit quelques heures, tandis que je veillais, avec ma couverture autour des épaules. Une balle de fusil fait la différence dans l'histoire. On me détesterait encore dans mille ans.

Déjà on s'activait autour de la tribune. Une fanfare de grenadiers répétait le God Save the King. Quelques policiers installaient des barrières devant les badauds attirés par des préparatifs qui leur demeuraient mystérieux puisque la censure interdisait que les journaux rapportent les déplacements de Churchill et de Roosevelt.

«Ils seront ici bientôt», dit Fagl. Une longue file de voitures s'approchait en klaxonnant, précédée de plusieurs jeeps. Les passants s'arrêtaient, certains saluaient avec de petits drapeaux tricolores, ou l'Union Jack. Nous étions couchés à plat ventre, sur les coudes, dissimulés derrière le fronton dorique. Les voitures stoppèrent. Et il sortit. Ma victime. Churchill. Jamais vu autant de férocité sur un visage. Apoplectique. Dévoré par la rage. Venant du fond de l'histoire. Conquérant, créateur d'empire. L'autre, Roosevelt, fade. Les épaules voûtées sous sa cape de tweed noir.

Ils s'assirent dans deux profonds fauteuils capitonnés, qui contrastaient avec les chaises pliantes réservées aux autres invités. Nous attendions pour tirer que cessent les allées et venues dans la tribune. Ma mère était là. J'épaulai mon arme. «Au premier coup de cymbale», dit Fagl en me montrant la fanfare. À ce moment même, ma mère se baissa et sortit de son sac à main une enveloppe verte dont elle s'éventa distraitement.

J'aurais ce que je voulais: des documents chiffrés portant le sceau authentique de l'État-Major de l'Empire. Et le temps qu'on perce le code de ces plans périmés, la guerre serait sans doute terminée. Le grenadier fracassa ses cymbales, je tirai une balle dans la tête de Fagl. Déjà amorti par le silencieux, le son passa inaperçu. Le sang et la cervelle se mêlèrent au gravier de la toiture. J'entendis les applaudissements reconnaissants de trois mille Tchèques martyrisés. Je rampai à l'autre extrémité du toit, qui donnait sur le fleuve, et je m'enveloppai à nouveau de la couverture qui m'avait tenu au chaud la nuit précédente, car malgré le soleil je claquais des dents. Il me faudrait attendre au moins une heure avant de quitter le musée.

Le train me laissa à New Carlisle. J'avais endossé l'uniforme polonais de Fagl. Je m'étais amusé à répondre dans un français épouvantable aux questions des passagers, à fredonner des mazurkas et à réclamer de la vodka au contrôleur. Une famille d'Américains en villégiature me trouvait particulièrement «touching», surtout l'aînée des deux filles qui me tourmentait pour que je lui déclame des poèmes en polonais.

J'obtempérai en lui citant des strophes de Schiller, ce qui lui apparut comme un charabia terriblement varsovien. «Votre pauvre pays», me disait-elle tandis que nous roulions à bord de leur auto de location. Je m'inquiétais du père silencieux et renfrogné, qui avait entassé ses armes de chasse et son équipement de camping entre nos jambes sur la banquette arrière, et j'exagérai encore mon ivresse.

Deux kilomètres avant d'arriver à Paspébiac, il freina brusquement et me laissa au milieu de la route déserte, en jurant que j'étais un sacré Canadien français, aussi vrai que lui était né à Cracovie. Et qu'il me signalerait à la police militaire dès son arrivée à Percé. Il cracha en ma direction. «You're all fucking deserters!», cria-t-il avant de redémarrer. Au lieu de suivre la route, je piquai vers la côte à travers la forêt, mâchouillant les feuilles d'érable que j'arrachais au passage et qui avaient le goût de mon destin mou; les orignaux bramaient comme pour s'avertir de l'arrivée prochaine des chasseurs polonais de Pittsburgh.

La baie des Chaleurs scintillait sous le faisceau pivotant d'un phare. La nuit portait conseil aux Fils de la liberté. Dans sa peau de dragon, je trouvais le repos. J'arrivai au chalet que mon père avait construit en 1932 au bout de la pointe de Paspébiac. J'enfonçai la porte d'un coup de talon. Heureusement les touristes étaient rares en ce mois d'août 1943, nos voisins habituels n'étaient pas venus cette année ainsi que l'attestaient les fenêtres barricadées. Je mangeai du macaroni franco-américain et des fèves au lard en conserve, car je n'osais rien faire cuire de peur que la fumée signale ma présence. J'attendis dans l'odeur

91

du bois moisi, grelottant, écoutant la pluie s'abattre sur le toit de tôle, lisant de vieux journaux dont les pages humides se détachaient entre mes doigts.

L'enfer de partir toujours, de ne plus avoir de pays, et de détruire celui qu'on a commencé à construire. Où est ma Jérusalem? Je revoyais le visage de Fagl qui explosait de l'intérieur, sous le coup de la balle dumdum. Ma mère m'avait promis qu'elle me rejoindrait ici où j'avais rendez-vous avec von Gundrich.

Un moteur se rapprochait, sourd dans les montées, aigu dans les descentes. J'attendis sur la véranda, le Mauser sur les genoux, certain que je verrais les tuniques rouges de la RCMP. Mais ce fut la Buick de Perceval qui apparut au détour du chemin. Le vent de la course ébouriffait la chevelure de mon fils qui avait passé la tête à l'extérieur. Ma mère me saluait de la main. Je cachai mon arme avant de marcher à leur rencontre. Christophe escalada le sentier en courant: «Mon oncle! Nous sommes venus te faire une surprise.»

Ma mère passa sa main sur ma barbe de quatre jours. Perceval enleva sa vareuse kaki, roula ses manches et ouvrit le coffre. «André, viens m'aider à transporter les provisions! Non, Christophe ne touche pas à cette arme!» Mon fils enleva sa main du Mauser. Je haussai les épaules: «Elle n'est pas chargée.» Tandis qu'il me passait un lourd carton de provisions, il murmura: «Elle l'était pourtant l'autre jour... Le communiqué officiel annonce que les forces de l'ordre ont abattu un agent nazi; un autre est en fuite. Qui pourrait nous contredire? Attention aux œufs...»

Ma mère ouvrait les volets du chalet. Le teuf-teuf d'une barque de pêcheurs qui relevait ses nasses à homard près des récifs. Mon fils ramassait les pommes de sapin et me les apportait en riant. Je dessinai une spirale sur un rouleau vide de papier hygiénique que je fichai ensuite dans une pomme de terre qui tournait, placée directement sur la plaque chauffante de la cuisinière. Christophe battit des mains devant l'enroulement sans fin de l'hélice circulaire, comme je l'avais fait à son âge avec mon père.

J'avais faim, et je dévorai le steak que Perceval avait réussi à nous procurer malgré le rationnement. Pour être heureux, il suffit d'être avec ceux que l'on aime, d'être entouré de la chair de sa chair, belle, riante, curieuse et haletante. Ce moment survint, tellement parfait qu'il ne fut même pas gâché par un désir de le prolonger. Après le repas, mon fils se coucha avec ma mère dans la chambre, et j'allai couper du bois avec Perceval devant la baie. «J'ai apporté ce que tu avais demandé à Virginia, dit-il. Je l'ai surprise au moment où elle prenait les documents dans ma serviette. Elle m'a expliqué pour toi et Lizbeth. J'étais d'accord. Maintenant nous sommes tous des traîtres.»

Ma hache fendit la bûche que tenait Perceval. Il essuya du revers de la main une toile d'araignée qui s'était plaquée contre son visage dans la remise.

«Je te confie un secret: Virginia n'en sait rien. Je ne crois pas que je verrai la fin de cette guerre, dit-il. Je meurs d'un cancer. Et le débarquement n'est pas pour cette année.»

«Perceval... Je suis désolé.» En fait cette annonce me chagrinait profondément. Alors que tout — langue, religion, politique — aurait dû ériger mon demi-frère en ennemi, il était, avec Friedrich, mon seul véritable ami.

«Comment va Lizbeth?, demanda-t-il. Sale histoire. Nous enregistrons tous tes discours dans nos archives. Tu es sur notre liste des criminels les plus recherchés. Vous ne pourrez jamais plus revenir. Mais si le traître devenait agent double? Un héros après la guerre. Décoré par Sa Majesté.»

«Surtout pas ça! Je ne me battrai jamais pour les Anglais, mais contre les nazis... peut-être! Et tu devras garder le secret jusqu'à la fin, car il y a un traître dans votre état-major.»

«Justement, nous aimerions bien savoir comment les Allemands ont appris le voyage de Churchill à Québec. C'était un secret formidablement gardé.»

Nous escaladâmes la pointe qui surplombait l'océan. Le cou engoncé dans les ailes, des goélands nous épiaient avec méfiance; sur l'enclume de l'horizon, des étincelles scintillaient sous le soleil rouge. Il sortit de sa veste une épaisse enveloppe verte. «Voilà le plan que le SHAEFF a adopté pour l'invasion du continent. Il y a aussi le code à suivre pour me transmettre des renseignements chiffrés par Radio-Berlin. Personne n'est au courant de mon offre. Si tu l'acceptes, je resterai seul à le savoir. Je dirai que j'ai découvert ce code par hasard, mais que je ne connais pas la véritable identité de notre informateur radiophonique.»

Le tonnerre gronda. La pluie se mit à tomber. Puis un rayon de soleil éclaira le rocher. Rapidement un cercle bleu s'étendit dans le ciel, au-dessus des falaises découpées à contre-jour, sur lesquelles s'effilochait la brume; les montagnes se blottissaient encore sous les nuages immobiles, et à l'entrée de la baie, deux arcs-en-ciel s'élevaient au-dessus de l'Atlantique, comme les piliers d'un temple invisible.

«Laissez-moi seul avec Christophe. Je te donnerai une réponse à votre retour.»

Je les reconduisis à l'auto. Je pris ma mère une dernière fois dans mes bras. Je me promenai dans la forêt avec Christophe. Nous vîmes un oisillon bleu tombé du nid, qui traînait ses ailes cassées sur le sol. C'est la pitié la plus noble que d'achever les bêtes qui souffrent. Mais je n'en eus pas le courage. Je l'installai sur un coussin dans le salon, et je lui donnai du lait condensé et des miettes de pain à becqueter au creux de nos mains.

Le lichen couvrait les sapins ébranchés du côté de la plage rocailleuse. La mer encore grosse se fracassait sur les rochers. Sur un arbre mort une grive se gonflait frileusement; déjà l'herbe mouillée avait détrempé mes chaussures. Les réfractions du soleil dans les branches tendaient des voilages entre les arbres. Un lapin immobile fit pivoter ses oreilles de notre côté. Longtemps je m'arrêtai, ne voulant pas effrayer l'animal, ni l'instant de paix que je goûtais pour la première fois depuis mon départ du Québec.

Je racontai à Christophe l'histoire du corsaire qui, cerné par la marine anglaise, avait incendié des radeaux autour de son embarcation pour faire croire, dans la nuit, qu'il possédait lui aussi une flotte nombreuse. «Veux-tu que nous fassions comme lui? Viens!»

Nous allumâmes sur la plage les quatre bûchers que j'avais disposés comme convenu avec von Gundrich: deux à chaque extrémité de la crique. Puis nous nous assîmes sur un tronc d'arbre, tandis que je continuais mes histoires. Dans ma sacoche, j'avais placé les documents de Perceval ainsi que des affaires de Christophe, pour le voyage. Avec le ciel couvert, j'avais l'impression de faire face au néant. Soudain j'entendis le clapotis des rames, et les cris rythmés des rameurs: «Eins, eins, eins, zwei, drei!» Je m'accroupis devant Christophe et je lui dis en allemand: «Écoute-moi, Ich bin dein Vater. Et malgré tout ce qu'on te dira, je n'ai pas trahi mon pays.» Je grimpai en toute hâte la dune et cachai l'enfant derrière un buisson: «Tu ne bouges plus, dis-je en français. Tu ne parles plus. Je ne voudrais pas que tu rencontres mes amis. Je reviendrai bientôt te chercher. Et tu diras à Perceval que c'est d'accord.»

Tandis que je descendais vers la plage, le radeau pneumatique émergea de la nuit. Je disparus, avec le sentiment de perdre mon fils à tout jamais, tandis que nous regagnions en toute hâte le U-boot dont j'apercevais maintenant le kiosque et que je serrais les plans que m'avait laissés Perceval.

Ballotté dans le cercueil d'acier, rivé sur la couchette où les odeurs de pétrole, de pets, d'urine, de choucroute me levaient le cœur, avec le commandant von Gundrich qui avait câblé à Berlin le résultat de ma mission, j'écoutais les sonars du sous-marin qui jouaient au chat et à la souris avec les destroyers de la flotte de l'Atlantique, car le U-Boot 451 avait reçu l'ordre d'éviter tout contact avec l'ennemi et de filer jusqu'à Kiel, pour m'y remettre, moi et mes précieux documents, entre les mains de la Quatrième section de l'Abwehr.

Gundrich prétendait qu'on m'accueillerait en héros, j'en étais moins sûr. Ma mission avait échoué, Fagl était mort, et je ne plaçais qu'un faible espoir de salut dans les faux documents secrets que je rapportais. J'avais laissé mon fils de quatre ans derrière moi, sur une plage déserte de la baie des Chaleurs, en lui murmurant un secret qu'il oublierait bientôt dans les bras de sa grand-mère qui lui raconterait qu'il avait fait un mauvais rêve. J'étais reparti loin des rivages accueillants et paisibles, où j'aurais pu vivre trente ans dans la solitude, à me mirer comme Narcisse, l'été dans les rivières débordant de saumons agiles, l'hiver sur la glace des lacs arctiques où les branches noueuses cassées par les vents émergeaient comme des doigts recroquevillés venant de l'autre côté du miroir; j'aurais pu transmettre mon savoir et ma vision du monde à une nouvelle génération de désespérés, mais je repartais sur mon destrier subaquatique vers les Europes qui s'effritaient, vers l'Allemagne qui s'épuisait dans les steppes ukrainiennes. Je voulais me guérir de ma peste intérieure pour ne pas la transmettre à mon fils. Et je retournais dans ce pays où elle atteignait une proportion endémique, où de gigantesques usines désarticulaient à la chaîne des millions d'humains, car je comprenais tellement cette haine, j'en étais si épouvantablement proche, que j'avais préféré abandonner Christophe. Malgré mon immense besoin de l'aimer, je ne savais pas lui parler, l'apprivoiser; comme mon père avec moi, je ne savais que l'amener vers un autre cratère lunaire où on déboîterait les corps pour en comprendre le mécanisme. Car je ne rêvais que de mort et de perfection, j'étais un fasciste au fond de l'âme, même si à ce moment même je m'apprêtais à travailler pour les Alliés.

Je ne pouvais que revenir vers l'Allemagne, pour m'expliquer dans ce vortex de douleurs et de gigues cataleptiques. Mais si j'arrivais à rompre le maléfice, je reviendrais au Québec reprendre mon fils contre ma poitrine, et Lizbeth m'accompagnerait, elle me suivrait comme la moitié perdue de moi-même.

Que je raconte d'abord mon retour dans la capitale, dans ce Berlin qui ne se situait plus au niveau de la mer, malgré les relevés des cartographes, mais qui s'enfonçait dans un abîme dont les parois étaient formées par les plaines de la Westphalie, d'où nous regardions les forteresses volantes frayer dans les nuages, lançant de leur carlingue métallisée des œufs qui éclosaient dans les tunnels du métro et dans les abris tandis que la DCA fouillait cette eau vive et aérienne, comme les doigts gourds et impuissants d'un noyé qui cherche à refaire surface. Tricotis incessant des rails qui trépidaient sous le wagon de première classe, salut hitlérien des aiguillages qui nous éparpillaient de chaque côté des convois bâchés, lourdement chargé de panzers, roulant vers l'est, immense horizon où brûlaient les derniers champs de blé de l'Ukraine. Je serrais contre ma poitrine la mallette, avec de chaque côté sur la banquette de velours rouge deux officiers de l'Abwehr, à col montant et casquettes huppées comme des touffes de hiboux, et j'étais sûr, à leur air glacial, à leurs ordres aboyés, que ma destination était le four.

De la gare Wilhemkœnig, une Mercedes blindée nous amena dans le bureau de l'amiral Canaris, quai Tirpiz. Mon patron pour cette mission regarda les documents en souriant, puis me déclara: «Des faux, habilement réalisés! Mais si les Anglais cherchent à nous tromper, ils ont leur raison, tout comme vous-même, si vous travaillez pour eux. Et nous, en découvrant ces mobiles cachés, nous en apprendrons autant que si nous avions des documents authentiques. Ce jeu de déduction, je suis le seul à m'y intéresser. Je transmettrai ces plans de la prochaine invasion au GQG, avec vos condoléances et les miennes pour la mort de ce cher Fagl, un ami personnel de Heydrich. Quel dommage qu'il ait poussé l'insolence jusqu'à se promener en décapotable dans une ville dont il avait fait fusiller des milliers d'habitants. Les Praguois n'ont décidemment aucune reconnaissance. Félicitations et... Heil!»

Pauvre Canaris, à qui on a coupé le sifflet la semaine dernière avec des cordes de piano. Refusant d'avouer jusqu'à la fin, égarant ses tortionnaires dans les labyrinthes logiques de ses réponses, mais perdu par la découverte de ses cahiers secrets, qu'il avait pourtant fait couler dans du béton sous son coffre-fort, mais que lui non plus n'avait pas pu résister à remplir, comme si le recours à cette parole solitaire et silencieuse s'avérait indispensable pour la survie de l'âme.

En 1943, Canaris avait pourtant assez de poids pour me sauver la vie et transformer, s'il le jugeait bon, une mission qui avait tourné au fiasco en une glorieuse opération de ses propres services, l'Abwehr. Grâce à sa protection, hautement intéressée puisque lui-même aurait été compromis par un échec, je réussis à échapper à un interrogatoire serré de la Gestapo. Je passai à pied au ministère de la Propagande pour m'y rapporter à Hofer dont m'avait provisoirement détaché cette expédition que je croyais maintenant conçue du début à la fin par l'Intelligence Service. L'équipe de Radio-Berlin me réserva un accueil triomphal. Personne n'avait compté me revoir vivant. Plusieurs soupçonnaient que cette prétendue mission n'était en réalité qu'une excuse pour m'envoyer à la mort.

On ne savait trop ce que j'avais accompli comme exploit en Amérique, et je ne pouvais leur en révéler les détails croustillants classés comme «sehr geheim» par l'Amiral, mais le sirop d'érable et les journaux que je leur rapportais suffirent à confirmer que j'avais bien revu le Canada.

Jacques-Edgar Paradis resta derrière son pupitre dans la salle de rédaction et s'assombrissait à mesure que je donnais des nouvelles de là-bas.

«Les pieds dans le fleuve, avec un casseau de frites et une bouteille de coke, je regardais passer les bateaux. C'était beau!»

«As-tu mangé des hamburgers? Oui? Maudit chanceux!»

Seul autre Québécois de Berlin avec moi, il avait perdu son accès au micro en annonçant, le 28 juillet 1942, que la Reichwehr venait de libérer du camp de Saint-Denis tous les prisonniers canadiens capturés à

Dieppe, prenant ainsi ses souhaits pour des réalités. Depuis cet incident qui avait mis fin aux diffusions en direct et obligé la section Paris-Canada de Radio-Berlin à émettre un erratum, le pauvre Paradis récitait des chapelets dans son bureau où il était certain que la Gestapo viendrait le cueillir.

«Comment vont mes parents?», questionna-t-il en tordant nerveusement son brassard à croix gammée surmontée d'une fleur de lys. Je l'ignorais. «Sans-cœur!», et il sortit en étouffant un sanglot. Je ne devais plus jamais le revoir.

Je m'approchai de la paroi vitrée du studio. Le couple Suzanne-Fernand Le Bailly et Paul Dagenais me salua: deux anciens résidents français de Montréal envoyés à Berlin par le gouvernement de Pétain. Un voyant rouge s'alluma: l'enregistrement commençait.

Après la chanson Alouette, qui servait d'indicatif, les Vichyssois exprimèrent leur profond chagrin de vrais Français à l'idée que les Canadiens français servaient de chair à canons pour l'Empire anglo-américain, non seulement à Dieppe mais en Afrique du Nord et en Sicile, ainsi qu'en témoignaient les nécrologies qu'ils se faisaient un devoir de lire à la population. Rappelant que le Führer avait offert son indépendance au Québec, ainsi qu'une entente économique avec le Grand Reich, ils invitaient du geste leur bruiteur à imiter le pétillement du champagne avec une eau de Seltz, pour célébrer, disaient-ils, les résultats d'un sondage Gallup réalisé en secret pour le gouvernement fédéral.

«La Bonbonnière Musicale», qu'ils animaient deux fois par semaine, en faisant jouer du Chevalier et du Trenet, réjoignait trente pour cent des Québécois, plus de cinquante pour cent dans les régions éloignées plus fortement équipées de radios à ondes courtes. Mais c'est moi, le vitriolique von Chénier, qui obtenais les plus fortes cotes d'écoute, car je perpétuais la tradition de nos pamphlétaires, d'Arthur Buies à Jules Fournier, en m'assurant que la vérité soit connue de tous malgré la répression de la censure britannique.

Ce disant, Suzanne-Fernand me salua d'un clin d'œil, puis mettant un disque, elle sautilla jusqu'à moi, pour me donner la bise et me demander si je les avais bien entendus de là-bas. «Les Canadiens menacent de brouiller les ondes. Quel manque de fair play!», dit-elle, avec une moue de midinette de quarante ans.

Elle trouvait ce cher Hofer un peu triste ces derniers temps. «Après avoir goûté à l'hiver russe, les généraux ont peu envie de tâter du blizzard québécois. Notre futur gauleiter voit son futur empire s'éloigner de lui. Mais votre retour avec de bonnes nouvelles ne manquera pas de l'égayer.» Elle m'enjoignit de courir auprès de lui à sa villa de banlieue où il soignait une mauvaise grippe. J'entrevis du coin de l'œil son compagnon qui la réprimandait comme si elle venait de commettre un impair.

Elle s'arrêta net et dit: «Mais où avais-je la tête? Avant toute chose, vous voulez embrasser votre charmante Lizbeth. Excusez-moi, je reprends l'antenne.» Que Suzanne-Fernand se soit ravisée aussi brusquement éveilla des soupçons que je n'osais me formuler clairement. Je descendis dans le garage souterrain du ministère où j'avais confié ma moto à la surveillance du concierge en échange d'un peu de genièvre. J'enlevai la bâche qui recouvrait le moteur et je donnai un coup de pied rageur sur le kick. Au lieu de prendre la direction de Tempelhof, où se trouvait notre modeste cottage, je remontai Unter den Linden, couvert à cette époque de châtaignes et de feuilles mortes, vers l'est, en direction du cossu Spandau, où Hofer m'avait reçu à plusieurs reprises l'été précédent.

En accélérant, j'essayais de réapprendre la démesure de l'instant, la percussion qui accompagne chaque souffle, la création de l'univers ordinaire à chaque clignement d'yeux, le désert dans les entrailles, l'extase qui vient dès qu'on cesse de penser, les liens solides du rêve, la recherche d'une voix unique, qui est celle de Dieu. Je constatais aussi que rien ne change, qu'il n'y a pas d'autres univers, seulement peut-être une autre façon de placer le monde dans le vide. J'étais une tortue parmi les serpents. Je longeais la Speer; à tombeau ouvert, ma BMW se faufilait sous la pluie glaciale de septembre entre les autobus à impériale qui modifiaient leurs parcours en fonction des trous d'obus, les Mercedes des dignitaires nazis, les blessés qui refluaient de l'Est, les jonchées d'ordures où luisaient des tessons de bouteilles.

Au bout de l'accélération, je trouvais la stupéfaction. Question de rythme, me disais-je. Je freinai devant la villa de Hofer. C'était une construction fantasque, rococo, tout en pignons et en colombages, avec un grand jardin où s'élevaient des dizaines de cabanes d'oiseaux fixées au bout de mats peints comme des enseignes de coiffeurs, avec des spirales rouges et blanches. Son rang de gauleiter du Québec était encore bien trop imaginaire pour lui valoir une garde militaire, de sorte que je pus m'avancer sans rencontrer d'obstacle jusqu'à la massive porte à double battant, surmontée d'un bas-relief de fleur de lys. Une chaîne avec une poignée d'ivoire permettait d'actionner un carillon jouant «Vive la Canadienne».

Le maître de céans m'ouvrit, vêtu d'une rouge chemise à carreaux, chaussé de bottes de bûcheron. Un instant interloqué, il me saisit aux épaules d'un geste cordial, et me secoua vigoureusement, comme pour s'assurer de ma réalité physique. «Von Chénier! Vous avez survécu, vous êtes revenu! L'étoffe dont on fait les héros québécois!» Son haleine empestait le schnaps. J'entrai dans le hall. Lizbeth apparut à la porte menant au salon où des bûches flambaient joyeusement devant une peau de grizzly étendue sous le regard impavide d'une tête d'orignal. «Vous connaissez ma passion pour la photo? Lizbeth a bien voulu se prêter à une petite séance.»

Elle ressemblait au personnage d'un tableau de Zurbaran. L'air doux, résigné, ses cheveux blonds tombant sur un déshabillé pourpre d'où sortaient des manches bouffantes, blanche, la sainte offrait sur un plateau ses deux seins coupés, baignant comme deux glaces parfaitement coniques dans la sauce rouge de son sang. Comme elle rectifiait sa tenue, le bras appuyé sur le chambranle de la porte, la chevelure en désordre, les yeux bouffis et rougis par l'absence de sommeil, je vis que ses cuisses portaient des traces de coups de cravache.

Je voulus la prendre dans mes bras, mais elle me frappa la poitrine en me traitant de Dummkopf, me reprochant d'être revenu, et quand je lui dis que sinon on l'aurait exécutée, elle hurla qu'elle aurait préféré être morte, que je n'avais réussi qu'à prolonger le supplice.

Sur le visage de Hofer, je guettais les ombres de l'émotion, mais le démon seul pouvait déchiffrer son âme reptilienne. «Ne me regardez pas ainsi! Lizbeth est toujours ma femme légitime, nein? D'ailleurs vous ne pourriez l'épouser même si je divorçais. La loi protège notre capital racial aryen de vos gènes iroquois.» En tapotant sa bouche ouverte, il imita un cri de Peau-Rouge. «Vous tombez pile, mon cher. Je vous attendais pour célébrer un enterrement. Venez!» Il me poussa vers la cour de la villa.

«Un instant!» Je me tournai vers Lizbeth: «Tu mets ton manteau?» dis-je en l'embrassant. Elle pencha la tête de côté et souffla sur ses mains, tandis que je jetais sur ses épaules le loden qu'un domestique m'avait apporté en souriant insolemment. Nous sortîmes. Un cercueil de planches mal équarries reposait sur deux tréteaux. «Vous savez ce qu'il contient? clama Hofer. D'un geste théâtral, il ouvrit le couvercle: «Le Québec!» J'aperçus des livres, des affiches, des drapeaux, tous frappés de la fleur de lys. «Un pays ne peut naître que dans le sang. Et vous n'avez pas voulu tuer! Tout seul, Fagl aurait réussi. Vous l'avez fait échouer. Sans la protection que vous donne cet imbécile de Canaris, je saurais vite ce qui s'est passé. Même la Gestapo ne peut vous interroger sur votre mission... Churchill assassiné, j'avais une division de parachutistes qui partait d'Oslo ce matin et descendait sur Québec après une escale à Reykjavik. Maintenant ils vont partir vers Stalingrad. Brûle, Québec!» Et il jeta une allumette sur le bûcher qu'il avait échafaudé sous le cercueil. Les œuvres de Groulx, de Dostaler O'Leary, de Wilfrid Morin se mirent à flamber, tandis que Hofer les arrosait de schnaps. J'aurais voulu le frapper, mais je me serais condamné à mort. Tout comme Lizbeth qui montait sur la selle derrière moi, tandis que l'autre continuait sa comédie et me recommandait de «swinger la baquaise» toute la nuit: il attendrait au lendemain pour que je lui fisse mon rapport.

Je tordis à fond la manette des gaz. Le monde est l'ensemble des faits, non pas des choses. Ma douleur à l'abdomen me donnait le goût de m'arracher à mon corps.

Mes gestes de tendresse devenaient violents. Pendant que mon cerveau déversait des substances toxiques dans mes entrailles, je préférais rouler. Je trouvais un répit temporaire en moto, les bras secoués par les guidons, la trépidation du moteur entre les cuisses, les talons de mes bottes calés sur les repose-pied. À très basse altitude, juste au-dessus du viaduc sur lequel avait explosé un convoi de la Wehrmacht, passait un Mosquito qui pointait comme le doigt de Dieu vers la forêt du Tiergarten où je voulais me retrouver seul avec Lizbeth.

Elle me serra davantage à la taille et me caressa. Délirer à pied et à main, pourvu que ça reste physique, dans le soubassement de l'architecture baroque du corps. Meurtrir, gicler, se perdre dans l'illusion pour retarder la descente des charognards sur notre conscience. Libérer le Québec de tous les Hofer, laisser le sens jaillir comme du sang. La lueur des phares d'un convoi qui nous croisait traversait le cosmos glacé de mon cerveau. Sur le boulevard, la caresse créait un maelström. Je cessai de photographier l'instant. J'accélérai à fond: la vitesse agglutina en une muraille verte les réverbères de la bande médiane, le souvenir de l'Or du Rhin me donnait des frissons wagnériens à la nuque. La lune dans son dernier croissant appâtait le ciel noir prédateur qui nous gobera tous.

Je ruminais ce que tout le monde sait: je ne me suffisais pas à moi-même. La solitude et l'angoisse me rendaient fou. Il fallait que je me trouve des alliés, des compagnons, un peuple. Je devais boire et me détruire, sinon l'existence devenait brutale. J'avais cru pouvoir regarder tout cela froidement, philosophiquement. Quelle grossière erreur! L'objectivité tuait. Je devais commettre des excès. On en faisait contre moi à chaque instant. Je suis heureux, hurlai-je pour couvrir les démons des cylindres qui pétaradaient contre mon oreille, et, derrière leur voix rauque, je trouvais le silence.

J'essayais de me tenir là, dans le passé, avant que tout ne se gâtât. Mais faire disparaître l'Allemagne, ça ne se pouvait pas. J'y touchais, la sentais, y frottais mon museau, mes intestins, mes yeux, mes idées, elle entrait et sortait, elle se plaquait sur moi, tout comme Lizbeth dont je sentais le visage entre mes omoplates.

Rue Grossman. Le ciel dentelé par les branches des tilleuls. Je voulais me mettre à genoux et l'adorer.

Jusqu'où ce noir pouvait-il nous emporter? Je m'enfonçai dans le Tiergarten par un sentier désert, bruissant, transformé en bourbier par la pluie. Je cherchais le point culminant de l'absence pour me remettre du désastre d'exister dans le même univers que Hofer. Je me sentais aspiré par le haut de cette piste encombrée de troncs d'arbre. C'est alors que les phares de la BMW éclairèrent une clairière dont l'herbe profonde nous attendait comme un nid en bordure du sentier.

«Je veux rencontrer ton frère! Tu lui diras que j'ai une antenne en code sur l'Amérique, et que je suis prêt à transmettre les renseignements de son groupe», lui murmurai-je à l'oreille, après lui avoir fait le récit de mon voyage, et surtout lui avoir décrit les moindres gestes et paroles de notre fils.

SIXIÈME CAHIER

Fin du monde, avec le sang de Berlin qui file à grandes giclées dans les trous des obus. De grandes victoires, puis trois années de défaites. Cette histoire sera manipulée, avalée, régurgitée par l'impeccable machine à propagande de Gœbbels, ou plutôt de ses successeurs, puisque le pied-bot flambera bientôt en compagnie de sa femme et de ses enfants.

J'aime les larves informes de cette guerre, les millions de cadavres qu'elle a produits et qui demeurent ma seule propriété, celle que jamais aucun ennemi ne m'arrachera, qui coule dans mes veines, avec une facilité qui donne jouissance et transe. Je me réfugie au fond du bunker. Il me faudrait un périscope, comme dans les tranchées en 14. Je n'ose plus mettre le nez dehors à cause des bombes d'une tonne qui tombent des soutes des forteresses volantes. Ça risquerait de me ralentir un peu. Alors je compte sur mes messagers, qui reviennent avec de fausses nouvelles, parce que les vraies, je ne veux plus les entendre et que je les punis de mort.

Noël. Je me sens bien, mais ma main droite tremble de plus en plus. (La situation en Hongrie!) Depuis deux jours, sentiments de malaise et de flatulences, qui seraient consécutifs à l'ingestion d'une soupe de pois cassés. Le larynx est parfaitement guéri, bien que j'aie parfois l'impression d'une légère irritation.

J'ai dormi dans le bunker, car les avions ennemis gênaient mon sommeil. Que peut-on faire pour empêcher ma main droite de trembler? Je refuse les calmants, car ils ralentiraient mes processus mentaux, ce qui serait catastrophique compte tenu de mes responsabilités actuelles.

Je deviens une fiction, je m'invente à la mesure de ma peur, et, de Moscou à Tanger, de la Crète à la Norvège, ma peur est immense! On a dû arrêter la ventilation du bunker parce qu'elle aspire de l'extérieur l'odeur de soufre des bombes, la poussière de Berlin, celle des Berlinois carbonisés derrière leur pièce d'artillerie, comme mon beau-frère Fegelein exécuté pour avoir tenté de s'échapper.

Je me durcis, granitique: la chair est morte. Je vais chercher dans la cuisine un dernier gâteau, et je me prépare à réaliser mon ultime promesse: «Au moment du suprême danger, je disparaîtrai.»

«Alors, d'un point de vue littéraire, vous en pensez quoi?», me demanda Hofer, tandis que j'achevais de déchiffrer les tremblotantes pattes de mouche qu'il m'avait données à lire ce soir-là.

Malgré une mine larguée par parachute qui avait détruit l'aile sud de la Maison de la Radio, nous émettions toujours, mais de studios souterrains. Et nous tenions nos réunions de service dans les bars du quartier. La caméra qui servait à microfilmer fonctionnait toujours et Hofer m'apportait chaque jour de nouveaux documents à photographier en provenance du Führerbunker.

«L'adversité donne des ailes à la pensée des grands hommes», répondis-je.

«J'avoue que je me sens assez honoré de la mission qu'on m'a confiée, s'écria Hofer, les larmes aux yeux. Emporter au Canada l'expression lyrique du Führer et en assurer la publication plus tard, quand les temps seront propices. Cette noble tâche revenait à Gœbbels lui-même, mais il a décidé de se suicider... Quel imbécile! Quant au Führer, il s'est creusé un tunnel sous le bunker, une sortie de secours où attendre la suite des événements. Moi, je préfère m'éclipser.»

Et il éclata d'un rire énorme. Le Helgoland nous attendait à Kiel, bien à l'abri des bombes dans la rade fortifiée de U-Boote. C'est von Gundrich lui-même qui devait nous emporter vers la sûreté et la liberté de mon Québec désiré. Je rectifiai ma tenue sur la banquette de velours. Je m'étirai. Je cherchais dans le grondement de l'artillerie le rythme qui me ferait dormir. Chaque jour, au bar souterrain de l'hôtel Adlon, à côté de la Porte de Brandebourg, en compagnie des diplomates des pays neutres, Hofer et moi, nous écrivions des textes de propagande de plus en plus délirants, à mesure que les Russes se rapprochaient. Nous demandions à chacun de noter une phrase sur une feuille, de la rouler très serré et de la glisser sous le slip de la danseuse du ventre.

Elle faisait le tour de la salle et revenait en se déhanchant nous apporter la matière première du prochain communiqué destiné à remonter le moral des troupes et signé par Gœbbels. Une caisse enregistreuse tintait au fond du bar. Nous attendions que les mots crèvent, la gueule ouverte, comme si nous pêchions à la dynamite. Il n'en resterait plus un seul de vivant. Nous les liquiderions tous, avec les petits billets que nous lisions à haute voix. Le barman faisait jouer Glenn Miller sur le gramophone. La trompette débaptisait tout l'univers depuis sa création; dératisait les tabernacles. Ah! Lohengrin et Walhalla! La musique nous détruisait, rien ne vaudrait la dernière décharge dans son vagin harmonique, si ce n'était le pernicieux retour du même. Nietzsche avait raison: tout plaisir a soif de profonde, profonde éternité. La musique nous poussait encore un peu plus loin vers la fin. Un grand SS se levait et giflait magistralement une prostituée française, une Kokotte. Les bouteilles du bar s'entrechoquaient. Le gin m'envinaigrait les ulcères.

Hofer m'annonça qu'une équipe de techniciens allait transporter la caméra au Führerbunker afin que j'y continue le travail d'archivage jusqu'au dernier moment.

«Courage, mein Freund. Bientôt nous serons en Gaspésie.»

* * *

Nous campions dans la cave de notre villa, Lizbeth et moi. Une bougie sculptait les ténèbres en voûtes conjuratoires et mouvantes. Nos souffles se mêlaient. Le monde explosait au-dessus de nous, meine Liebe. Les seins tendus sous la soie, elle mangeait une pomme de terre en me lisant les lignes de la main.

«Tu vas rencontrer un grand amour, je crois!», dit Lizbeth avec un sourire triste. Bientôt empaillés au musée de l'éternité. Nous y passerions tous, et vite.

Nous avions beau bomber le torse, dans la fosse et rideau! pas de problème.

Je ne voulais pas qu'elle sache que la Gestapo avait saisi l'enregistrement de ma dernière émission. Pourquoi, sinon pour percer le code que j'utilisais dans mes transmissions à Perceval. Qui m'avait dénoncé? On allait m'arrêter d'une heure à l'autre. Et je souhaitais qu'à ce moment Lizbeth fût le plus loin possible de moi.

«Regarde ce que mon frère Friedrich m'a donné!» Elle sortit une grenade d'un tiroir de la commode. Elle l'amorça en me regardant dans les yeux. Mais rien. Le détonateur ne fonctionnait pas. Il nous fallut quelques minutes pour nous remettre de notre fou rire.

Je montai jusqu'à la dernière marche de l'escalier qui donnait sur le jardin. «Va rejoindre ton frère, lui dis-je. Il faut lui parler de ce tunnel sous le bunker. Qu'il le fasse sauter. Que pas un n'en réchappe.»

Elle sanglotait. Je m'appuyai le front contre le mur. Elle passa derrière moi et frôla ma main droite qui pendait dans le vide. «Auf Wiedersehen!» dit-elle. Je ne répondis pas. Elle s'éloignait dans le jardin dévasté, sautillant entre les madriers et les tuiles d'ardoise tombées du toit. J'avais toujours cru que son visage serait celui de ma mort.

Je rentrai. Immense clameur à fleur de peau. Louez votre propre nom, prosternez-vous devant lui. Sachez reconnaître que la glace ne montre qu'une partie infime de votre véritable visage. Privé de sens, je devenais un monstre. Mon amour me manquait pour respirer. Ne me décevez pas, oh mes bourreaux!

C'était l'aube. Je vous attendais. Je voulais que vous me dépossédiez. Je voulais devenir un homme sans histoire.

Le ciel se couvrait d'avions, les vitres tremblaient, des quartiers se pulvérisaient et cachaient le soleil. Puis une accalmie. Les pépiements imperturbables des moineaux. Des freins grincèrent. Deux policiers en civil claquaient les portières d'une berline noire devant notre villa. Gestapo. Où trouvaient-ils encore l'essence? Je m'avançai à leur rencontre. «Où est votre femme?» Je haussai les épaules. Ils me poussèrent comme un corps sans vie sur la banquette arrière.

Nous roulâmes à travers les ruines, précédés de deux motos d'escorte et suivis d'un half-track, selon un trajet compliqué, cahoteux, avec de brusques arrêts qui me blessaient puisque je ne pouvais me protéger le visage de mes mains menottées derrière le dos. Les lèvres en sang, je tentais de retrouver mon souffle tandis qu'un soldat partait en reconnaissance sur sa BMW pour découvrir une manière de contourner un trou d'obus.

Au coin de la Kurfürstendamm et de la Berlin Allee, pendus à des réverbères, trois jeunesses hitlériennes oscillaient au bout de leur corde; la lune éclaira le visage d'un des adolescents. Je reconnus le fils de notre voisin de palier, qui avait participé aux descentes en ski du Tiergarten: des milliers de jeunes formant une croix gammée avec des flambeaux pour narguer les pilotes alliés. Maintenant il sortait la langue avec un panneau sur la poitrine: je suis un lâche.

La voiture redémarra; je tentais de garder mon

équilibre entre mes deux geôliers cramponnés chacun à la poignée d'une portière. Les décombres défilaient, monotones, attirant dans leurs espaces vides des vents inconnus, puissants, venus de l'Ukraine, de la Biélorussie, de la Finlande, sur les talons des armées allemandes, et ils creusaient des sillons dans la cendre des grands magasins, des fières villas de marbre, des opéras, des cathédrales. Cauchemar crématoire. Au bout de Unter den Linden, encore plus vaste que les Champs-Élysées, l'ange de la victoire miraculeusement indemne déployait ses ailes dorées devant la porte de Brandebourg.

Nous ne sommes qu'amour qui passe ou ne passe pas. Mâchoire ouverte de stupéfaction, je ne craignais plus du tout la mort. Je n'avais plus prise sur rien. Des pans de murs nous regardaient de leurs fenêtres crevées. Les sirènes d'alarme répandaient leur nappe sonore sous les nuages que fouillaient à l'aveuglette les doigts lumineux des projecteurs de la DCA, comme pour en arracher frénétiquement les puces d'acier qui pullulaient.

On m'entraîna à travers une montagne de décombres. Pas pour m'y fusiller, comme je le craignais. À ma grande surprise, je me retrouvai dans un caveau encore intact. Un tortionnaire en sarrau me sculpta les dents à froid, sans anesthésie, avec une fraise de dentiste branchée sur un générateur d'urgence. Parfois il s'arrêtait pour consulter des radios suspendues à un fil de piano tendu à travers la pièce entre deux crocs. La tête serrée dans un étau qui m'ouvrait la bouche, je perdis conscience plusieurs fois.

Seul l'aveu de l'endroit où se cachait Lizbeth

semblait pouvoir terminer cette torture. Je me mis à délirer. Je descendais un escalier illuminé par en dessous d'une lueur verte, jusqu'à un lac souterrain d'une pureté cristalline, avec une grève de sable fin, et, dans un silence absolu, j'entendais crisser un crayon qui écrivait, tenu par une main invisible, sur les parois blanches de craie de la caverne, et quand je reprenais mes sens, ce son devenait celui de la fraise sur mes molaires, puis de la curette en acier inoxydable avec laquelle on obturait de plomb mes cavités.

«Où est votre femme?»

Je crachais et vite je retournais là-bas, auprès du texte qui se dessinait et que je déchiffrais à la lueur des projecteurs de la DCA. Et ce que je lisais là, c'était l'histoire de ma vie, comme je la termine en ce moment. Mais quand la puissance des mots vacillait, je me retrouvais devant Hofer penché au-dessus de moi, qui me disait:

«La voilà ta grande gueule, bien empêchée de nous trahir, nein?»

C'était donc lui qui m'avait débusqué, feignant de vouloir m'emmener avec lui sur le Helgoland pour que je cesse de me méfier. Il avait découvert que j'espionnais pour les Alliés selon la méthode classique: ne fournissant qu'à moi seul une fausse information, pour vérifier si elle était ensuite transmise à l'ennemi. Ainsi — à part lui — j'avais été le seul lecteur du journal intime d'Hitler, dont les services allemands de la BBC citaient maintenant de larges extraits aux troupes nazies pour leur démontrer la démence de leur chef.

Le matériel dont se servait Soldaten Calais provenait d'un traître qu'on n'avait pas pu démasquer. Mais à mesure que le Fürher se repliait dans les profondeurs de ses différents bunkers, en Prusse orientale, dans le repaire du loup, ou en Bavière, à Berchtesgaden, diminuait le nombre des suspects. Peu à peu l'étau se resserra autour de moi.

«C'est Lizbeth qui vous a recruté pour le compte de l'amiral Canaris, nein? Puis on vous a expédié dans cette mission bidon à Québec. Un cadeau d'amitié pour Churchill: la tête du tueur que Himmler lui avait envoyé. Nous savons tout. Canaris est mort. Étranglé avec la corde du mi majeur. Une faveur pour un mélomane.»

«Vous avez manigancé ce plan avec votre demi-frère Perceval. Mais lui aussi sera châtié. Je m'en occuperai personnellement. Et je m'assurerai également que vous passiez à l'histoire de votre pays comme un traître. Les faux plans de l'invasion que vous nous avez remis nous ont coûté des milliers d'hommes.»

Il arracha les films qui pendaient de la corde et les tendit au dentiste qui salua en claquant les talons.

«Je vous présente le docteur Heusenberg, dit-il, le dentiste personnel du Führer. Savez-vous qu'après une incinération partielle, il ne reste souvent que les mâchoires pour identifier un cadavre? Votre bouche va servir le Reich une dernière fois, cher von Chénier.»

Deux gardes me détachèrent et m'escortèrent jusqu'à une voiture qui parcourut quelques kilomètres dans un brouillard matinal qui nous protégeait des bombardiers.

«Suivez-moi», aboya Hofer. Il claqua la portière et nous gravîmes l'escalier monumental, flanqué de deux statues sombres de Breker, symbolisant le parti et l'armée, vers le porche à colonnes qui défiait les bombardements.

La pluie, venue du nord, tombait sur les archanges blonds en uniforme noir et argent, jambes écartées devant la porte monumentale, sous l'aigle de pierre qui enserrait une croix gammée. J'avalai le sang qui n'arrêtait pas de couler de mes gencives.

«Les rats quittent le navire, dit Hofer. Kommen Sie, schnell!»

Nous traversâmes les grandes salles de marbre de la Nouvelle Chancellerie, jonchées de lustres ouvragés, aux volutes compliquées se terminant par des dizaines de crocs de bronze. Nous sortîmes dans un jardin. Une taupe géante avait creusé le sol. Des arbres décapités, il ne restait que les troncs échancrés.

Un vestibule s'ouvrait dans un blockhaus rectangulaire de couleur fauve, à moitié enfoui sous terre: l'entrée du bunker. Portes d'acier. Au premier niveau: les cuisines, le quartier des domestiques, la chambre des Gœbbels. Puis, au bas d'un escalier métallique en spirale d'une dizaine de mètres, une sentinelle promena son regard globuleux, à la cornée grise, sur nos Ausweiss, avant d'ouvrir le sas donnant sur le second bunker, à une pression de dix atmosphères, puant le tabac et le diesel du générateur. Les visages semblaient se tendre et se fermer à mesure que nous nous rapprochions du Führer.

Des câbles électriques et des tuyaux d'arrosage s'entremêlaient sur le sol humide, dans une odeur de

118

mazout que la bruyante ventilation n'arrivait pas à chasser. Dans un couloir s'entassaient des militaires galonnés, ivres et stupéfaits. Hofer me fit signe d'entrer dans une petite pièce du fond.

Il m'ordonna d'écrire une confession détaillée avant mon exécution. Il me laissa une rame de papier et un crayon à mine.

«Attention, je veux la vérité, dit-il. Pas de ces histoires funambulesques que vous avez concoctées puis microfilmées au ministère de la Propagande.»

«Ensuite vous rencontrerez celui dont vous avez à présent les plombages. Il faudra un cadavre calciné à identifier par sa dentition. Nous vous garderons en vie jusqu'à la fin.»

J'écris en attendant qu'ils viennent me chercher. Une couchette, une ampoule grillagée et l'appareil à microfilmer le manuscrit que le Führer continue à produire, et qu'on brûle là-haut, dans le jardin de la chancellerie, à mesure que je le photographie. Je griffonne à l'endos des feuilles volantes qu'ils m'apportent, et je profite des moments de solitude pour intercaler mon récit sous la lentille Zeiss. La discipline se relâche. Une odeur de schnaps et de vomissures. Des cris de volupté, des sanglots désespérés. Götterdämmerung et cie.

Je parle tout seul, je chantonne un peu en français, personne ne me prête attention, je mobilise les ressources du verbe, de la salive abondante jusqu'à la mélodie d'amour, voix grave de baryton, puis aiguë comme un eunuque, de Wagner à Mozart. Dieu est un cœur. Les êtres humains, quand on les regarde vraiment, sont tous des dieux: ils vibrent avec une intensité extraordinaire, dans leur moindre geste, regard, souffle. «Alouette, gentille alouette!»

«Alouette, je t'y plumerai!», me répond de l'autre côté du mur la voix de ma douce et tendre Lizbeth. La porte de mon cachot s'entrouvre un instant, et ma femme se précipite dans mes bras. Dans le délire provoqué par la torture, l'ai-je dénoncée tout à l'heure? Sa robe bleue à pois blancs sent le roussi. Je veux l'embrasser, mais elle cache son visage contre mon épaule, qu'elle finit par mouiller, à travers ma chemise, d'une substance chaude. Je crois qu'elle pleure, et pour la consoler, je relève fermement son menton vers moi: du sang coule entre ses lèvres. Elle sourit bravement, mais avant même qu'elle écarte les mâchoires, je sais que j'y découvrirai les traces des travaux du docteur Heusenberg. Heureusement elle n'a dû subir que deux inutiles obturations sur des molaires supérieures. À ce moment elle aperçoit ce que j'ai moi-même souffert. Elle me prend les mains entre les siennes et me fait asseoir auprès d'elle sur la couchette.

«Avant mon arrestation, murmure-t-elle contre mon oreille, j'ai prévenu Friedrich. Il est déjà en contact avec des éléments avancés de l'Armée Rouge. Ils vont tout essayer pour détruire le tunnel sous le bunker. Ils croient y arriver en passant par le métro.»

«Heraus! Schnell!» Un garde entre et nous pousse dans le couloir. C'est la panique. Odeurs de vodka et de vomissure. Assis en demi-cercle, des maréchaux crasseux écoutent une secrétaire leur tirer le tarot. Des messagers affolés courent, porteurs d'ordres contradictoires. Dans une pièce minuscule, les sept enfants Gœbbels grelottent sur leurs oreillers posés à même le sol, les yeux levés vers leur mère Magda. Les pyjamas des six filles sont roses, et celui du garçon bleu. Quand ils tournent leur visage poupin vers nous, je ressens la même pitié que lorsqu'un menuisier a découpé le parquet de notre sous-sol, exposant une portée de souriceaux encore aveugles, serrés et couinant les uns contre les autres, cherchant de leur museau tendre et humide le flanc de leur mère enfuie et ne trouvant que la lame froide de la pelle qui les soulevait et les emportait vers la cuvette blanche des w.c., vers une longue glissade dans la noyade.

Hofer salue madame Gœbbels en inclinant le haut du corps et l'attire dans un coin. De sa mallette, il sort une boîte enveloppée d'un papier cadeau rouge et vert, enrubanné: «Le cadeau promis, gnädige Frau, dit-il. Des bonbons pour vous et vos enfants.» Elle défait l'emballage. J'aperçois des capsules de verre soigneusement rangées dans de l'ouate pour éviter qu'elles s'entrechoquent.

Lizbeth semble terrorisée. Hofer revient vers nous, fermant d'abord doucement la porte en disant: «Soyez sages, les enfants.» Il exulte: au cours des derniers jours, sa carrière a connu une ascension vertigineuse. Le voici maintenant qui console les enfants de son ministre. «Suivez-moi!», dit-il sèchement.

Nous voici devant le Führer. Hagard, les yeux injectés de sang, creusés de cernes, les tempes battantes, le teint violacé, l'air d'un spectre, sur le point de tomber tellement son corps tremble, il est penché sur une carte et ne me regarde pas. Il porte une tunique gris perle par-dessus une chemise verte, ainsi qu'un pantalon noir. Une croix de guerre et une plaque d'or du parti pendent à sa poitrine. Sa voix semble encore tenir les fils qui actionnent les marionnettes autour de lui. Le raccord mal vissé d'un des tuyaux d'arrosage laisse échapper un filet d'eau sur le tapis de Turquie. Eva Braun sort de son bain: elle essuie avec la manche de son peignoir son visage emperlé de sueur. Hitler s'assied sur un sofa Louis XV; une mèche lui tombe sur le front.

La femme l'ausculte du bout des doigts. Et ici, je te fais mal? Chaque point tâté se rattache à des millions d'hommes, chaussés de guenilles, couverts de pansements sanglants. De longs poils noirs s'allongent près du nombril, que soulève une respiration sourde, bloquée, se libérant par une toux sèche, à laquelle font écho en surface des milliers de canons, qui protègent ce souffle sacré, ce trou d'ombilic de Berlin, où nous vivons encore avec le reste de la faune intestinale de ce bunker.

La digestion est bloquée, ces imbéciles le savent, mais ils vont mourir jusqu'au dernier pour le protéger. Aida. Le héros emmuré vivant. La femme s'habille dans une chambre attenante au boudoir, puis elle revient avec une écharpe de soie couleur fraise autour du cou. Elle saisit les mains de Lizbeth et la regarde dans les yeux.

«So, du bist mein Doppelgänger!», dit-elle. Puis elle secoue la tête, se retourne vivement et annonce qu'elle n'aura pas besoin de ce double d'elle-même. Elle préfère en finir maintenant. Hofer proteste pour défendre son plan. En vain. Il finit par s'incliner et ouvre les doubles portes insonorisées des appartements particuliers du Führer.

Klempka, le chauffeur d'Hitler, entre. Il porte un sac de ciment et le pose sur le sol. Puis on m'ordonne de l'aider à déplacer les meubles que nous poussons, avec le tapis roulé, contre le mur du fond. On m'oblige à revêtir les vêtements du chancelier. Croix de fer. Casquette à visière noire. Un énome bloc de béton se détache soudain de l'enceinte, s'avançant avec fracas dans le bureau, raclant le sol, dégageant peu à peu une ouverture par où Hitler disparaît, tête basse, après de froids adieux à sa femme.

Celle-ci vient s'asseoir en pleurant à mon côté sur le sofa bleu et blanc. Elle lance ses sandales de chevreau devant elle et ramène ses pieds sous son corps souple. Elle tient deux capsules dans le creux de sa main. Elle en porte une à sa bouche. J'entends le verre craquer sous ses dents. Un soubresaut violent, et elle est morte, tandis que l'odeur de noisette amère se répand dans l'air étouffant. Curieusement son cadavre adopte la posture d'une cavalière, le corps plié en deux et les bras tendus devant elle comme si ses mains tenaient des rênes invisibles. Une discussion se poursuit à voix basse entre Hofer et Klempka. Je crois qu'ils cherchent à établir l'angle du projectile qu'ils vont me tirer dans la tête, avec le Walther 7,65 mm, de sorte qu'on puisse conclure à un suicide. Lizbeth articule silencieusement: «Ich liebe dich!»

Au moment où Klempka va appuyer sur la détente, on entend un grondement sourd et le sol tremble sous nos pieds. Des cris, des aboiements. Hofer se précipite par l'ouverture secrète. Il en revient quelques minutes plus tard avec le Führer.

«On vient de faire sauter la sortie d'urgence, dit-il à Klempka. Tout est perdu.»

Je serre la main de Lizbeth et je ravale un sourire de victoire: Friedrich a trouvé le tunnel et l'a fait sauter à temps. Maintenant Hitler ne peut plus aller de l'avant avec son plan. Il croit qu'une victoire est toujours possible. Il demande qu'on appelle le groupe armé de Steiner. Son dernier espoir. Après il verra. Sa colonne vertébrale et ses épaules voûtées sursautent et tremblent. Sa tête se blottit entre ses épaules comme celle d'une tortue sous sa carapace. Les deux marionnettes claquent des talons. Puis il se met à écrire en même temps que moi dans un cahier semblable à celui que j'ai sorti de sous ma vareuse, et dans lequel je note ceci.

Je sais que bientôt on va nous emmener par l'ouverture d'où Hitler est apparu. Pour l'instant je continue à observer le crayon qui trace ces lignes. Hofer vient de nous quitter. Il compte échapper à l'encerclement à bord d'une péniche. Il emporte avec lui les microfilms. Une déception de taille l'attend: j'ai surexposé la pellicule chaque fois que j'ai reconnu l'écriture d'Hitler. Contrairement à ses espoirs, il n'aura donc rien à vendre à prix d'or aux futurs riches collectionneurs américains de souvenirs nazis.

De Lizbeth, je peux tout entendre, même le récit de ma mort. «Tu étais vivant, et maintenant non. C'est comme ça», dirait-elle, avec un sourire.

Mais elle parle d'autre chose. Du miracle de l'espace. «Tout à l'heure, quand on m'a amenée ici, j'ai senti l'espace énorme, infini. C'est la liberté assurée. Il y en a assez pour chacun de nous. Il contient tous les fragments du vide. C'est là que les B-17 volent, pas ici dans notre tête. Que Christophe dort. Rêve à nous.»

Je ferme les yeux et continue à écrire ce que me dicte Lizbeth. Tout s'éclaire de l'intérieur, dans la douce pulsation de la conscience.

2

Québec, le 7 mai 1987

Cher Christophe,

Toute ma vie j'ai voulu te faire un aveu. Mais les circonstances — et ma lâcheté — me l'ont interdit. Je t'ai caché la véritable identité de tes parents. Pour te protéger. Quelle ironie! Je ne pouvais pas savoir que tu te gâcherais l'existence en te croyant le fils d'un officier canadien-anglais. Ni que ta révolte contre ce que représentait ton faux père Perceval t'amènerait à devenir un terroriste et à croupir dans un pénitencier fédéral.

Je te revois encore, chaque année plus dur, plus sec, plus insensible, derrière la paroi transparente dont l'hygiaphone trop bas nous obligeait, pour nous parler, à nous courber de façon humiliante, tandis que nos mains se suivaient de chaque côté du plexiglass éraillé.

J'étais ta grand-mère, mais je t'aimais plus qu'un fils. Nos rencontres me torturaient; je souhaitais parfois qu'une maladie m'empêche de me rendre les dimanches à Saint-Vincent-de-Paul. Je me sentais coupable de ton sort, surtout quand ton psychiatre m'expliquait sa théorie sur ton cas: l'amour nostalgique pour une mère acadienne morte peu après ta naissance, la haine d'un père militaire, autoritaire et anglophone t'auraient conduit à poser une bombe devant une caserne, pour la cause de l'indépendance des francophones!

S'il avait su ce que je n'osais pas encore te dire à cette époque, ni non plus ensuite, quand on t'a libéré et que tu me paraissais si fragile: ces parents étaient une fiction entretenue par moi, ne m'aurait-il pas tenue responsable de tes problèmes?

Maintenant que j'écris ces lignes, dix ans se sont écoulés depuis ta sortie de prison. Je te vois plus solide, gagnant ta vie comme traducteur. Mais je n'ai plus le courage de te dire la vérité face à face. Cette confession, j'y consens avec la certitude que tu ne la liras qu'après ma mort. Je n'aurai donc jamais à soutenir ton regard après coup. Même ainsi j'hésite...

Sache donc que ton père était von Chénier. Oui, ton oncle André. Tu es donc quand même mon petit-fils. Tu comprends aussi les raisons de ma discrétion. Ton père étant considéré comme un traître national, je craignais que ta vie en soit ruinée. De plus je ne t'enlevais pas à tes parents, puisqu'ils sont disparus, morts sûrement, en 1945 à Berlin.

Quand je me suis remariée avec André-Didier Bouchard, à l'automne de 1947, tu avais dix ans, je lui ai tout raconté en lui demandant de décider ce que nous devions faire. Il m'a suppliée de t'épargner la vérité pour ne pas nuire à ton équilibre psychologique. Tu sais quel homme épris de calme c'était.

Un autre ingénieur, comme mon malheureux second mari. Et, ajouterais-je sans intention malicieuse, un autre Canadien français. Mon père, le colonel, s'est sans doute retourné dans sa tombe.

Mais je n'aurais pas dû suivre les conseils d'André-Didier: nous fondions ton passé sur le mensonge, et nous ne pouvions ainsi que t'attirer des malheurs.

J'ai plusieurs choses à te dire sur ton père: d'abord ne crois pas ce que les livres d'histoire racontent à son sujet. Il n'était pas un traître à son pays. Certainement pas au Québec pour la libération duquel il s'est battu jusqu'à la fin, avec des méthodes et des alliés douteux, mais avec un total et admirable dévouement à sa cause. Mais en fin de compte, mon fils n'a pas trahi non plus le Canada, même s'il le reniait comme patrie.

En 1943, et jusqu'à la fin de la guerre, il devint agent double pour les Alliés. Ses émissions qui semblaient odieuses, qui appelaient les Canadiens français à rendre les armes, à signer une alliance avec la Grande Allemagne et donc avec le diable, tout cela, chaque jour, sur les ondes de Radio-Berlin, servait à transmettre de précieuses informations.

Malheureusement, il nous avait fait jurer une absolue discrétion, à Perceval et à moi, en nous prévenant qu'il y avait, au sein du quartier général canadien, des traîtres nazis qui s'empresseraient de le dénoncer à Berlin si la moindre rumeur circulait à son sujet. Et nous-mêmes, il nous avait forcés à nous compromettre en lui fournissant des documents secrets. Ce geste qu'il avait exigé pour sauver sa mission à la Conférence de Québec, peut-être aussi comme preuve de notre bonne foi, devait coûter la vie à Perceval. Je te dirai bientôt comment.

Vers la fin de la guerre, je ne sais trop comment, les Allemands surent qu'un traître infiltré dans l'entourage de Gœbbels transmettait aux Alliés des détails croustillants et authentiques sur la vie intime du Führer. Celui-ci devenait fou de rage en écoutant la BBC se moquer publiquement de ses manies sexuelles. Il soupçonnait ses collaborateurs les plus proches et souvent les plus efficaces. Il les frappait au hasard du moindre soupçon. Sa paranoïa naturelle se renforçait et nuisait à la conduite de la guerre. Tôt ou tard, il devait débusquer ton père, qui réussissait pourtant à garder son sang-froid et à continuer le chiffrage et la diffusion de ses émissions.

Mais un jour d'avril 1945, Perceval fouilla en vain le spectre des ondes courtes à la recherche de son demi-frère. Nous fûmes tout de suite mortellement inquiets. Il ne s'agissait ni d'une panne, ni d'une destruction de l'antenne: Radio-Berlin émettait toujours. Mais sans fournir d'explication, on avait remplacé l'habituel speaker québécois du mercredi soir par une voix allemande. L'effort de la propagande nazie au Canada français venait de se terminer abruptement.

Perceval scruta l'enregistrement des dernières émissions de von Chénier sans y déceler rien d'inhabituel. Que devait-il faire? Alerter son supérieur? Il ne l'osait pas. Personne au quartier général ne connaissait l'identité du propagandiste de l'Allemagne nazie. Certes le nom de ton père figurait sur une courte liste

de suspects, mais on manquait de preuves conclu-
antes puisque ton oncle et moi prétendions ne pas
reconnaître sa voix.

Complices, nous l'étions donc à plus d'un titre.
Bien sûr, après la guerre, quand nous établirions qui
était von Chénier et quels services éclatants il avait
rendus à la patrie, on nous couvrirait de décorations.
Si les Services de renseignement canadiens savaient
qu'un informateur inconnu se servait de l'émission
vers le Canada pour communiquer avec eux, ils igno-
raient qui était le mystérieux auteur de ces textes
chiffrés selon un code enfantin, que les experts de la
Gestapo, une fois alertés, perceraient en quelques
heures et qui consistait à établir un décompte des
mots de l'émission selon la date de diffusion. Le speaker, le réalisateur, le scénariste? Quel personnage
tirait les ficelles dans l'ombre?

Mon angoisse augmentait à mesure que se pro-
longeait le silence d'André. Nous guettions l'annonce
par l'agence Tass du transfert aux Canadiens d'un de
leurs ressortissants qui se serait enfui à travers les
lignes nazies pour se réfugier avec son épouse auprès
des héros soviétiques. Mais rien. Le premier mai, à
huit heures du matin, dans le décor solennel de la
septième symphonie de Bruckner, Radio-Berlin pro-
clamait la fausse nouvelle de la mort héroïque du
Führer dans les combats contre les bolcheviques. Le
sept mai, le nouveau chancelier, le grand amiral
Dœnitz, signait la reddition sans condition du Reich.

Comment aurais-je pu deviner que les premières
nouvelles d'André nous viendraient par la mer, à
bord du voilier Helgoland? Pourtant nous fûmes

alertés dès que les journaux rapportèrent que le cotre allemand s'était échoué sur des récifs dans la baie des Chaleurs, pour ensuite être rescapé et remorqué par une corvette de la garde-côtière jusqu'à la rade de Paspébiac.

L'équipage était disparu dans la nature, et la police organisait des recherches à travers toute la péninsule gaspésienne, car ce bateau appartenait au Führer. Construit en 1936, il gagnait l'année suivante la coupe d'Espagne pour le compte d'un riche armateur hanséatique, qui le donnait ensuite en cadeau d'anniversaire à Hitler. Celui-ci l'utilisa pour quelques courtes croisières en mer du Nord, abondamment filmées par le ministère de la Propagande, puis le basa à Kiel, à côté des U-Boote, sous la responsabilité du grand amiral Dœnitz.

Durant la guerre, d'énormes fortifications de béton le protégèrent des bombardements alliés. Et, en mai 1945, le Helgoland échappa à l'avance des troupes anglaises qui ne purent le saisir ainsi qu'elles en avaient reçu l'ordre. Il avait mis le cap sur l'Atlantique, battant pavillon suédois pour passer le détroit de Cuxhaven en trompant la surveillance des patrouilleurs ennemis. Selon certaines rumeurs, il transportait de hauts dignitaires nazis vers l'Amérique du Sud. On croyait que son faible tonnage lui permettrait de remonter le Rio Ocho, jusque dans la capitale du Paraguay, où le général Julius Strœssner aurait fait bon accueil à des représentants du Troisième Reich, même déchus.

Le gouvernement américain câbla son ambassade à Asuncion, pour qu'elle exerçât une surveillance discrète sur le port fluvial. À tout hasard, on distribua à quelques agents locaux les signalements de Martin Borman et d'Hitler, dont on avait déjà commencé à chercher vainement le cadavre. On imagine sans peine la commotion que créa, en août 1945, l'apparition du Helgoland échoué dans la baie des Chaleurs, à quinze mille kilomètres au nord de l'endroit prévu. À l'endroit même, ajouterais-je, où ton père avait débarqué pour une mission secrète à Québec, deux ans plus tôt. Mais cette corrélation, seuls Perceval et moi pouvions l'établir.

Sans trop y croire, nous espérions qu'André venait de rentrer au pays avec ta mère, et se préparait à nous contacter pour organiser une rencontre avec la presse et les autorités militaires. Quant aux policiers, ils eurent beau interroger la population du village, personne ne savait quel équipage avait abandonné ainsi, gisant sur sa quille, en pleine nuit, «le bateau des Allemands». Quelques jours après le naufrage, on retrouva un marin allemand noyé au bas d'une falaise, là où des panneaux recommandent aujourd'hui aux touristes de «laisser la nature suivre son cours» pour qu'on ne tente pas de secourir les fous de bassan agonisants, qui se sont fracassés étourdiment le crâne sur le roc. Le cours de la nature, le cœur de l'homme, les deux concordent rarement, ne trouves-tu pas?

À Kiel, port d'attache du Helgoland, les Britanniques découvrirent qu'un personnage important, porteur d'un Führerbefehl (ordre de la main même de Hitler), avait pris la mer avec deux hommes d'équipage quelques jours avant la reddition allemande, obtenant que le nom du navire ne figure pas sur le registre des départs.

Et il y eut ce coup de fil. Il est possible que tu te souviennes de cette soirée fraîche de la fin août: tu avais déjà sept ans. Un essaim de guêpes t'avait attaqué. Je soignais tes piqûres avec une pommade rose dont tu détestais l'odeur. Le visage enflé, tu arrivais à peine à voir et à parler. Nous bavardions avec Perceval sur la véranda de cette maison de campagne dont j'avais hérité du père de ton père (mes veuvages successifs m'obligent à cette précision).

Je te tenais sur mes genoux; une couverture de laine nous protégeait de l'air glacial qu'exhalait la rivière toute proche. Sous le grondement des rapides, nous entendions les billes de la drave qui s'entrechoquaient à un rythme sec et désordonné comme des coups de feu à la fin d'une bataille.

Je te montrai l'ampoule nue qui pendait au milieu des spirales du papier tue-mouche. «C'est le barrage de ton grand-père qui nous éclaire, t'expliquai-je. Mais les *bastards* de la haute finance nous l'ont volé.»

«Tu vas faire de cet enfant un révolutionnaire!», dit Perceval. Il ignorait qu'inscrite déjà au parti communiste j'agissais ainsi délibérément. Tu t'étais endormi dans mes bras. Ton oncle disposa en silence les pièces sur l'échiquier dans la position qu'elles occupaient au quarantième coup de la partie qu'il jouait contre ton père depuis près de deux ans.

Quand Perceval avait «découvert» un code dans les discours de von Chénier et qu'il l'avait signalé à ses supérieurs, il leur avait caché l'existence d'un second chiffre qui annonçait un gambit de la reine. Il encrypta sa réplique, une défense sicilienne, dans le bulletin de Radio-Canada International qu'il rédigeait et dont les Canadiens se servaient pour communiquer avec leur énigmatique informateur.

Par superstition, nous laissions vide la chaise du joueur des noirs. Nous allumions le poste à ondes courtes dont le haut-parleur couvert d'une toile verte et d'une marquetterie d'acajou semblait ouvert sur l'outre-tombe plutôt que sur l'outre-Atlantique. De là, nous était parvenue la voix d'André, insolente et déclamatoire, si familière malgré les distorsions magnétiques. Ses computations lointaines venaient déplacer les pièces de bois sur la table pliante encore gluante par endroits de la confiture de fraises que tu y avais renversée.

Mais en ce soir d'août 1945, Radio-Berlin n'émettait plus. Sur sa fréquence habituelle, nous n'entendions que le crépitement du vide. La position de la partie n'avait pas changé depuis trois mois.

À vingt-sept ans seulement, Perceval se mourait d'un cancer du sang qu'il me cachait, mais dont je n'ignorais rien grâce aux confidences de son médecin. Au milieu de son visage émacié, déjà ombragé comme de l'intérieur par la mort, ses yeux d'un bleu cobalt, fendus en amande, remuaient avec une vivacité aussi intense que ses calculs sur les cases blanches et noires.

«J'ai perdu!», dit-il en se levant après un long moment. «André peut me donner le mat en trois coups. Imparable!»

«Il ne l'a peut-être pas vu...»

«Moi, si!»

Une grande tristesse m'envahit soudain. La véritable perdante, c'était moi qui sentais ces deux fils glisser hors de la vie selon un mouvement aussi irrésistible que celui qui les y avait amenés, entre mes cuisses écartelées.

C'est à ce moment que le téléphone émit les deux coups brefs et un long qui nous étaient réservés sur la ligne que nous partagions avec les voisins. «Sure... Sure... Right away!», dit d'une voix blême Perceval avant de raccrocher. C'était le capitaine Dansereau, de la police provinciale, qui désirait le rencontrer de toute urgence au sujet de ton père.

«Ce bateau, le Helgoland, nous a apporté des nouvelles»; se contenta-t-il de dire.

L'écusson or aux armes de Sa Majesté scintilla sur la casquette kaki qu'il ajusta en tirant sur la visière noire. Il plaqua sa cravache sous le coude gauche et s'accroupit pour te serrer contre lui. Les boutons de cuivre t'arrachèrent un petit cri.

«Tu me fais mal, papa!»

Ensuite, il me releva le menton de son index tendu et me dit avec un sourire en coin:

«See you, kiddo!»

Nous tournant le dos, il sortit, descendit les trois marches pourries du perron, traversa la pelouse mouillée en sifflotant «Slow boat to China», puis obliqua sur la droite vers sa jeep et disparut ainsi derrière la glace biseautée, enchâssée dans la porte principale qui était restée entrouverte et qu'un vent parfumé de résine faisait osciller légèrement sur ses gonds. Les phares s'allumèrent et effacèrent un instant nos reflets dans la glace: une femme de quarante-quatre ans, rousse, trop maigre, qui serrait contre sa hanche la tignasse noire d'un garçon au visage boursouflé par les dards des guêpes.

Comme dans le conte du Graal, Perceval venait de quitter sa mère pour devenir chevalier, ou plutôt pour le rester. Mais au bout de sa course, nulle rédemption ne l'attendait, seulement le capitaine Dansereau qui affirmait avoir reçu de la «visite d'Allemagne», se refusant à plus de précisions au téléphone.

Je ne m'endormis qu'au matin, avec du véronal et du scotch. Tes cris mirent du temps à percer mon anesthésie jusqu'à mes cauchemars. J'enfilai ma robe de chambre et je courus jusqu'à la berge de la rivière Jacques-Cartier.

Un inconnu était assis au bout du quai flottant, les jambes ballantes, les épaules solides mais voûtées par la fatigue. Il imprimait des secousses qui te faisaient rire à un câble qui se nouait à l'arrière de la barque où tu sautais de joie, au milieu des rapides. Seul ce câble, qu'il tenait négligemment d'une main, t'empêchait de suivre le courant et de te tuer sur les rochers invisibles d'ici, au bas de cette ligne où la rivière s'interrompt brusquement après avoir franchi la digue du barrage.

Je hurlai. Péniblement, il se leva et se retourna pour me faire face: la cinquantaine, un costume bleu froissé à chevrons blancs, une cravate rouge à pois blancs, des yeux bruns qui ne cillaient pas et me détaillaient sans hâte de sous un chapeau feutre qui les masquait dès qu'il baissait un peu la tête. Ses mâchoires massives mordaient dans une pipe recourbée, avec un fourneau de faïence à la mode de la Bavière. Il me la désigna en disant:

«Belle pièce, non? Un ami de Berlin me l'a donnée...»

Contrairement à mon attente, il ne parlait pas allemand, mais français, avec l'accent du quartier Saint-Roch à Québec. Il fumait un tabac dont l'odeur âcre reste encore pour moi celle de la mort même. J'avais très peur. Pour toi, bien sûr, car il n'avait qu'à ouvrir les mains qu'il tenait dissimulées avec le bout du filin dans son dos, pour que tu t'abîmes sur les rochers devant l'ancien bureau de ton grand-père; mais aussi pour Perceval dont je restais sans nouvelles.

Je sentais sous mes pieds nus le vide entre les planches lisses et humides du quai. D'une voix hystérique, je te criai de t'asseoir. Tu obéis en rechignant et te mis à jouer avec une boîte de conserve vide dans l'eau au fond de la coque.

«Cet enfant est tout mouillé. Il faut le ramener ici», dis-je au visiteur.

«Vous croyez? Pour élever de vrais hommes, les femmes ne valent rien... Mais il ne faut pas avoir peur de moi: capitaine Dansereau, de la police provinciale. Assoyez-vous, j'ai de bien mauvaises nouvelles.»

«You dirty nazi bastard!»

Il ferma les yeux un instant, en fronçant les sourcils comme quelqu'un qui souffre d'une migraine.

«Donc vous êtes au courant... Il valait la peine de vous rendre visite. Mon ami allemand avait raison. C'est un homme perspicace. Conciliant aussi, mais qu'il est préférable de ne pas rendre maussade. Vos fils ont abusé de sa patience. Ils lui ont joué un sale tour. Alors il a tenu à exprimer son mécontentement. D'abord à Berlin... Je ne crois pas que vous reverrez von Chénier ni sa femme. Ensuite ici, hier soir, avec Perceval... Le pauvre a eu un accident. Il conduisait trop vite. Il a raté un virage près des Éboulements. Du haut de la falaise: ça ne pardonne pas. Nous avons beau multiplier les campagnes de prévention, les automobilistes continuent à manquer de prudence. Cela fait des veuves et des orphelins, comme vous et votre petit-fils... D'ailleurs quand je lui ai parlé de votre maison isolée devant les rapides, mon ami s'est inquiété des risques de noyade. Mais je lui ai dit que je viendrais vous donner des conseils de prudence. Et qu'est-ce que je vois en arrivant? Le jeune Christophe qui s'aventure sur les flots et que je sauve de justesse, pendant que sa grand-mère cuve son scotch... Ne protestez pas. Je suis monté à votre chambre et j'ai senti votre haleine tout à l'heure...»

Malgré le plein soleil d'été, je grelottais de plus en plus à mesure que cet homme parlait; mes dents claquaient et mes jambes s'entrechoquaient tant que j'avais dû m'agenouiller. L'air satisfait, il attacha le câble à un poteau moussu, vida sa pipe éteinte dans la rivière et dit, après un soupir:

«Voilà. Je vous laisse. Avec la dernière recommandation d'un serviteur de l'ordre: n'abusez pas de l'alcool. Il délie la langue, et les propos impudents rendent mon ami maussade.»

Ses talons ferrés sonnaient creux, tandis qu'il regagnait la terre ferme; il passa à ma gauche, me caressa la nuque en murmurant que j'étais «charmante ainsi», s'éloigna, puis revint vers moi et me tendit une enveloppe. Comme je demeurais les bras ballants, le regard vide, il la jeta devant moi:

«L'Allemand tenait à ce que je vous remette ça.»

Plus tard, quand j'eus entendu son auto s'éloigner au bout du chemin forestier, que je t'eus ramené à la maison, frissonnant et effrayé soudain, je lus le document laissé par Dansereau. Il s'agissait, notés en caractères gothiques, des trois coups des noirs qui, dans la partie entre mes deux fils, conduisaient au mat contre Perceval.

Je n'avais pas le choix. Il fallait me taire. Je ne pouvais dénoncer Dansereau — ce policier insoupçonnable et ami du pouvoir —, sans expliquer mon rôle et m'accuser moi-même. À l'époque, la haute trahison menait encore droit à la potence. Alors je jouai la surprise — mon désespoir, lui, était bien réel —, d'abord quand on m'annonça la mort de Perceval, puis quand les journaux publièrent leurs premiers articles sur l'identité réelle de von Chénier: cet André Chénier dont on interrogea évidemment la famille.

Je n'étais pas prête à risquer ma vie, et encore moins la tienne, pour démontrer à une opinion publique scandalisée, assoiffée de vengeance, que mon fils était en réalité un héros. On oublia très vite qu'il y avait eu un informateur des Alliés à l'émission canadienne de Radio-Berlin. Je me réjouissais à l'idée que le scandale n'avait pas éclaboussé Perceval, que je pourrais te parler de ton «père» dont tu porterais le nom de Perkins comme une protection contre ta véritable origine.

Puisque je me taisais, Dansereau ne m'inquiéta pas davantage. Ni de ses menaces ni de ses caresses. À la fin des années soixante, quand tu commençais à purger ta peine, j'appris qu'il avait péri d'une façon particulièrement horrible, ce qui m'apparaît comme la seule preuve convaincante de l'existence de Dieu que je connaisse: lors d'une bagarre avec des grévistes dans une usine de produits de peinture, il était tombé dans une cuve d'acide sulphurique.

Il t'intéressera de savoir ce qui est arrivé au Helgoland, le bateau sur lequel l'«ami allemand» nous était parvenu. Des palabres juridiques établirent que faute de pouvoir restituer le voilier à son propriétaire, le Canada devait le considérer comme une prise de guerre. La marine en hérita donc; elle le rebaptisa Pickle («cornichon») et le transforma en navire école pour ses officiers cadets. Il croupit maintenant dans le port de Halifax et on parle de le vendre aux enchères prochainement.

Qui était l'ami allemand de Dansereau? Je l'ignore. Quarante ans plus tard, au moment où je trace ces lignes, tous ces gens sont probablement morts et enterrés.

En même temps que cette lettre, tu recevras mon testament olographe. Tu verras que je ne te laisse pas grand-chose et que j'ai dépensé aux Antilles presque tout le capital que m'avait laissé mon troisième mari. M'en voudras-tu de cela aussi?

Ta grand-mère qui t'adore,

Virginia Perkins
34, rue Saint-Sacrement
Québec

3

1

Christophe Perkins reçut à l'âge de quarante-cinq ans
la lettre de sa grand-mère comme un coup derrière la
tête, qui assomme plutôt qu'il ne réveille. Ainsi
s'expliquaient les mystères de son enfance: les notes
que son «père» prenait à toute vitesse en écoutant la
radio; l'interminable partie d'échecs qu'il prétendait
jouer contre lui-même; les colères de Virginia quand
plus tard, dans son adolescence, il osa condamner son
«oncle» nazi, von Chénier. «Tais-toi, hurlait-elle. Tu
ne sais pas de qui tu parles!»

«Ils m'ont menti sans arrêt», pensait Christophe
en cette matinée de septembre, alors qu'assis à l'avant
d'un hors-bord, dans le port de Halifax, un mois après
la mort de Virginia, il regardait défiler sur sa gauche
les silos à blé et les cuves à pétrole devant la ville grise
qui s'étageait ton sur ton à travers la brume. S'éloi-
gnant du quai du ministère des Transports, le fonctionnaire — visage éteint sous le jaune éclatant de son
imperméable de pêcheur — accéléra, couvrant des
pétarades de son moteur le tocsin des cloches sur les
bouées.

«There she is!», s'écria-t-il en pointant du doigt vers l'avant. Christophe se retourna et s'appuya, pour ne pas perdre l'équilibre, à la proue qui bondissait sur les vagues. Dans le vent frisquet, sa face anguleuse — habituellement blême — rougissait, accentuant la pâleur des cheveux blonds, ébouriffés. Ses yeux larmoyants étudiaient le Helgoland comme on guette une proie. Le mât noir et la quille effilée formaient une croix en se reflétant sur la mer huileuse.

Le moteur s'arrêta. Le canot alla frapper doucement, avec un choc sourd, le voilier de plaisance qui donnait fortement de la gîte à bâbord.

«Vous êtes plus grand que moi, dit le fonctionnaire. Allez-y le premier.»

Christophe se hissa jusqu'au pont et noua à un taquet le filin que l'autre lui lançait. À la lueur d'une lampe de poche, ils visitèrent la cale inondée de l'ancien yacht d'Hitler; l'eau, qui s'infiltrait à travers le bordé mal calfaté, montait jusqu'à mi-hauteur de leurs cuissardes. Mais ils ne découvrirent aucune voie d'eau importante. Le matériau inhabituel du carénage — l'acier trempé — révélait seul que le navire avait jadis appartenu à la Kriegsmarine, avant de transporter au Canada l'ami allemand de Dansereau.

L'assassin avait-il laissé des traces de son passage ici?

Le moteur, lui, datait au plus d'une dizaine d'années, de même que le pilote automatique, le radar et le poste UHF. Le Helgoland, pensa Christophe, ne prendrait la mer qu'après de longues et ruineuses réparations, mais les coups de tournevis qu'il donna sur la coque lui prouvèrent que, sous l'épaisse couche d'algues et de coquillages, le bois d'œuvre restait sain.

«J'achète!», dit-il au fonctionnaire.

De retour au bureau de la direction du port, il conclut la transaction en versant les douze mille dollars que réclamait la Marine canadienne. «La moitié de la misérable fortune que me laisse Virginia.» Puis il rentra à son hôtel, le Duke of York, qu'empuantaient des cigares du temps jadis.

«Me tirer une balle dans la tête.» Cette phrase lui revenait constamment, et chaque fois il avait l'impression de sentir, contre sa tempe, le froid canon du colt 38 qu'il avait laissé à Montréal, dans le tiroir droit de son pupitre, où il pourrait le saisir aussi simplement qu'on prend un dictionnaire, les yeux levés au-dessus de la brique noircie par la pollution des façades du boulevard Saint-Joseph, vers la matière grise d'un quelconque nuage. D'un geste las, il chassait comme une mouche l'idée du suicide, mais elle le hantait plus fréquemment, lui semblait-il, depuis la mort de Virginia.

Non seulement il n'avait pas hérité de la magnifique maison — trop lourdement hypothéquée — qu'il convoitait, rue Saint-Sacrement, ni du capital qui lui aurait permis de brûler les mille pages de règlements fédéraux qu'il lui fallait traduire de l'anglais au français pour survivre chaque année, mais le testament de son impayable aïeule — may she burn in hell — arrivait à le déposséder du peu qui lui restait: son passé. La morte saisissait le vif, et elle transformait ses souvenirs d'enfance en autant de faux billets. Faux, ce père autoritaire, qui exigeait que les coins de son

149

couvre-lit tombent à angle droit sur le lino de sa chambre d'enfant, qui insistait pour lui parler dans un français terriblement boîteux et anglicisé sous prétexte que sa mère — l'Acadienne également fausse — aurait voulu qu'il en fût ainsi.

Du coup, lui semblait-il, sa révolte contre les institutions britanniques incarnées par ce Perceval Perkins, contre le passeport qui priait, encore aujourd'hui, au nom de «la Reine, les autorités intéressées de bien vouloir lui accorder libre passage», perdait son sens politique.

Devait-il reconstruire son passé comme on se refait un capital? Il n'avait pas le choix. Le prix à payer est trop lourd pour ceux qui refusent de donner une sépulture aux leurs. Les morts — qui constituent l'essence de la pensée — ne leur parlent plus. Sa vie s'enfuyait par le vide de ses origines comme lorsqu'on retire le bouchon d'une baignoire. Et il n'avait pas trop de tout le scotch Cutty Sark qu'il buvait à même la bouteille pour garder un peu de liquide dans ses veines. Le téléphone sonna sur la table de nuit, à côté du lit qui dérivait sous le plafond rougi à la cadence des néons de l'enseigne.

«Ici Anthony O'Reilly. On m'a donné le nom de votre hôtel à la direction du port. Je suis au bar.»

L'homme portait un béret basque par-dessus des cheveux blancs et bouclés drus, ce qui renforçait l'air buté de sa physionomie où flottait une insaisissable ironie. Il buvait une bière. Devant le fauteuil libre, à sa table, un verre de scotch attendait Christophe.

«Du Cutty Sark. Le barman m'a dit que vous ne buviez que ça. Santé! Bon... Écoutez, je suis venu vous proposer une bonne affaire. J'exploite un chantier maritime à Paspébiac. À cause de ce stupide brouillard, mon avion a eu du retard et j'ai raté la vente aux enchères du Helgoland ce matin. Je vous en offre cinq mille dollars de plus que ce que vous avez payé.»

«Non, répondit précipitamment Christophe. Le bateau n'est pas à vendre. Des raisons personnelles font qu'il n'a pas de prix pour moi.»

L'Irlandais lui lança un regard inquisiteur qui resta sans réponse. «Vous avez vu l'état de la coque?»

«Je sais. Je m'en occuperai moi-même.»

«Alors laissez-moi vous offrir mon chantier pour les réparations. Je m'occuperai aussi du remorquage. Il faudra installer une pompe dans la cale, sinon il coulera.»

«Et pourquoi cette proposition généreuse?»

«Je suis aussi propriétaire de l'hôtel de Paspébiac. C'est loin du circuit touristique. Je pensais faire du Helgoland une attraction originale. Visiter l'ancien bateau d'Hitler, ça peut intéresser les gens... Mais quand vous n'en aurez pas besoin, je pourrais vous le louer au mois...»

«Pourquoi pas?»

Les deux hommes s'entendirent sur un prix. O'Reilly fit venir son caboteur pour remorquer le Helgoland jusqu'au chantier maritime de Paspébiac. On l'installa ensuite dans un hangar à radoub. Là, dans la cale enfin asséchée, Christophe chercha en vain un indice de l'identité de l'ami allemand de Dansereau. Aussi commença-t-il à calfater avec du goudron les planches des chênes coupés en Forêt-Noire en 1936, soigneusement équarries par les ébénistes de Brême, enduites de vernis, tressées comme les fils d'un énorme câble reliant au passé le Helgoland qui sommeillait et qui se souvenait.

En remplaçant la marquetterie de chêne, il découvrit derrière un panneau pourri, sous la vidange de l'évier, un cylindre métallique, embossé d'un aigle prussien. Il crut d'abord qu'il s'agissait d'un film pornographique que projetaient les marins du petit voilier, du temps qu'il appartenait à la Marine royale canadienne.

Suçant le doigt qu'il s'était coupé sur le rebord du couvercle, il déroula la bobine contre une lampe, clignant des yeux devant les minuscules rectangles: texte microfilmé trop réduit pour qu'on pût le déchiffrer à l'œil nu. Pour cela, il lui faudrait utiliser une des visionneuses de la Bibliothèque nationale, lors de son retour à Montréal. Ainsi donc l'Allemand, malgré sa prudence, avait laissé derrière lui une pièce à conviction. Sans doute croyait-il que le Helgoland, déchiré par les récifs, coulerait corps et biens.

Bientôt Christophe put remettre le bateau à la mer, et il invita à bord O'Reilly, dans l'hôtel de qui il logeait et qui l'avait aidé à remplacer des poutres et à souder des rivets.

Ils s'assirent sur la banquette de la cabine qui sentait le vernis frais. Derrière les hublots, à un mètre plus haut, le rebord du quai s'arrondissait sous la bruine, soulignant comme d'un trait gras la façade blanche de la conserverie. Christophe avait mal à l'Allemagne, mal à sa mère, présente dans sa pensée comme un suffixe germanique.

Après le cinquième verre, lui qui ne se confiait

jamais à personne, se mit à raconter comment, à vingt ans, il avait commis un attentat terroriste.

«Here's to the IRA!», cria son compagnon en avalant son verre d'un trait.

Au laboratoire de son collège, Christophe avait volé trois flacons, les avait enveloppés de papier journal dans sa mallette. L'odeur d'œufs pourris. Le trou parfaitement circulaire que creusa une seule goutte d'acide nitrique projetée contre le mur de sa chambre. Sa paume droite brûlée, la peau jaunie et desséchée qui s'arrachait par plaques pour avoir saisi une bouteille légèrement embuée de sulphure. Le mélange goudronneux, inerte comme de l'encre. Puis la surprise de l'ébullition, du râle chimique expectorant dans l'air de juillet un champignon roux grand comme la maison. Mais il avait oublié d'installer un serpentin pour distiller cette vapeur.

Il répara son erreur. Il fabriqua un tube de nitro. Comme un génie dans une bouteille, qu'il plaça sur les rails où passait le train de banlieue. Les vibrations déclenchèrent l'explosion bien avant l'arrivée de la locomotive. Pas de mort, quelques blessés légers, mais surtout une grande peur. Sa guerre commençait.

De l'extrême droite à l'extrême gauche: schéma classique dans une famille, comme le lui expliquèrent abondamment, à propos de son oncle, les psychiatres du pénitencier. Il réussit à survivre parce qu'il mesurait un mètre quatre-vingt-cinq, et qu'il travaillait comme assistant bibliothécaire. Il se fit un rempart du poids des livres et des haltères.

«Je n'avais pas le choix en dedans. Il fallait que je ramène tout à une question de force.»

«Je sais bien de quoi tu parles, dit O'Reilly. Moi aussi j'ai fait de la prison. À Belfast. Pour les mêmes raisons.»

Ils écoutaient les voiles qui claquaient, ils respiraient l'odeur de bois pourri du quai. Craquelure de la lune sur les vagues, le monde s'arrêtait au milieu de la baie. Christophe épongea à ses lèvres un surplus de salive.

«Et maintenant tu vis comme un mort, disait l'Irlandais. Je trouve cela tellement triste... Excuse-moi de te parler ainsi. Mais je vois bien que toute cette histoire te tue. C'est un poison pour toi, non? Comme tes parents ont dû s'aimer. À cause de la guerre, ils auraient dû se quitter. Mais ton père a préféré trahir son pays. Et toi là-dedans? Ils t'ont laissé derrière eux.»

«Ils n'avaient pas le choix!»

«Tu le crois vraiment? Mes parents nous auraient emportés jusqu'en enfer plutôt que de se séparer de nous.»

«En tout cas, mon père n'était pas un traître. Dans tout autre pays, il aurait même été un héros. Au Québec, il fallait qu'il fût agent double, et il le devint.»

«Tu sais ce que tu dois faire ? Il faut que tu venges tes parents», dit-il.

«Mes parents m'ont abandonné quand j'avais deux ans: je ne leur dois rien. Je ne dois rien à mon pays non plus. J'ai fait vingt ans de prison pour lui, et quand je suis sorti, j'ai vu qu'il n'existait même pas!»

«You're all fucked up, man», dit l'Irlandais en lui donnant une grande claque sur l'épaule. Au lendemain de la défaite référendaire d'un projet d'indépendance nationale, Christophe crut effectivement qu'il avait habité et défendu un pays de légende. Il n'avait plus de vérité à défendre, que des fictions face au vide universel.

Il gagna sa vie comme traducteur. Il avait renoncé à tous ses amis. Ils avaient sans doute raison de se cantonner dans une totale absence d'idées politiques. Il voulait en arriver à oublier son âme, son orgueil, son ambition, à s'abîmer dans la pauvreté, le désert intérieur. Il voulut prendre la voiture et aller au bout de sa carte de crédit. En Californie. Il le fit.

C'est ce moment que choisit une voix officielle pour l'informer sèchement de la mort de sa grand-mère. Un arrêt cardiaque à quatre-vingt-cinq ans: un nom qui s'efface de l'ordinateur de la sécurité sociale, une chambre qui se libère dans un foyer de vieillards, la famille à prévenir pour qu'elle récupère les effets de la défunte et organise les funérailles.

Pas de larmes sur cet incident statistique. Mais la mort de son aïeule Virginia coupait son dernier lien avec cette ville grise, revêche. Un écureuil courait sur un fil, au-dessus de l'école voisine dont la sonnerie rythmait ses journées. Métro, tunnels, vent chaud, tour hideuse avec un panneau bleu fleurdelysé blanc. Ses affaires: une malle dans le garage au sous-sol. Sa lettre: tes parents ne sont pas tes parents. Son testament: elle le constituait son légataire universel et demandait qu'on l'incinérât et qu'on l'inhumât avec ses deux fils. Pour respecter ses dernières volontés, il aurait donc fallu qu'il se mette à la recherche d'un père disparu en Allemagne quarante-cinq ans plus tôt.

Fanée, plissée, ratatinée dans une robe mauve à collerette de dentelle. Sa mort lui permettait d'aimer à nouveau celle qui l'avait élevé. Il prit les dispositions avec un salon funéraire. L'urne métallique qu'on lui remit ressemblait à un obus. Il fallait la changer. Il transvida les cendres dans une anonyme bouteille thermos de plastique et il colla sa photo sur le capuchon dévissable rouge. Il n'arrivait pas à décider où l'enterrer. Il la garda donc dans un placard.

Il lui fallait vendre la maison victorienne de la rue Saint-Sacrement. Il y habita quelques semaines, le temps de trouver un acheteur. Il dénicha une seule photo de ses vrais parents. Prise sur le perron de l'église anglicane de Québec, lors du mariage de Perceval et de Marie, l'Acadienne de Halifax. Les jeunes époux triomphaient au premier plan, les yeux plissés dans la lumière violente du soleil. Lui, sanglé dans son uniforme et dans sa devise nationale: «Dieu est mon droit», elle, frêle et rêvassante, la taille étranglée par la robe à traîne.

Derrière, quelques marches plus haut, dans l'ombre projetée par le clocher, le couple qui l'avait engendré. Sans relâche, il interrogea les deux visages pour y lire les signes de leur futur destin. Son père, un rouquin d'environ vingt ans, dont il avait déjà vu le portrait dans les manuels d'histoire: mâchoire inférieure en retrait, lèvres épaisses et cou gracile qui trahissaient une faiblesse et une sentimentalité que cherchaient à masquer la moue volontaire et les bras croisés sur le costume de velours noir, à larges rayures blanches. «Le fils mal aimé», pensa Christophe devant l'adoration qu'exprimait Virginia tournée vers Perceval.

L'image de sa mère, qu'il voyait pour la première fois, lui causa un véritable choc. Il comprit ce que ni la lettre de Virginia ni la lecture des quelques monographies parues sur son père n'avaient éclairci: pourquoi von Chénier, abandonnant fils et patrie, s'était-il précipité vers les dangers mortels d'une Allemagne hystérique? Un coup d'œil à Lizbeth lui suffit. Sur ce cliché d'amateur, elle dégageait autant de beauté mystérieuse que les stars du cinéma muet. Yeux immenses cachés en partie par le casque blond des cheveux. Sa mère. Elle tenait avec affection le bras de son amant, mais le regard qu'elle jetait sur Virginia n'avait rien de tendre.

L'Irlandais lui remit la photo en sifflant entre ses dents «What a babe. Mais ta Virginia, à quatre-vingts ans, elle ne fabulerait pas un peu, des fois?»

«Tu veux voir ce que j'ai trouvé ici?», demanda Christophe. Il se leva et tâtonnant dans la cache sous l'évier, il en extirpa le cylindre avec l'aigle prussien, qu'il plaça entre eux sur la table de la cabine.

«Qu'est-ce que c'est?», demanda O'Reilly.

«Des microfilms nazis», répondit-il avec un accès de nausée. Puis il escalada l'échelle menant vers le cockpit, traversa le pont en chancelant et se jeta sans réfléchir dans la mer. Il se vida les poumons, et il coula, oh! la merveilleuse chute feutrée dans l'eau glaciale qui l'attirait jusqu'à la limite de ses poumons brûlants, qui explosèrent d'un coup comme la culasse d'un fusil à air comprimé et le ramenèrent malgré lui jusqu'à la surface, la bouche et les yeux pleins de sel. Penché vers lui, l'Irlandais souriait:

«Tu vois bien que tu n'as pas le choix. Il faut que

tu règles cette affaire. Ou que tu te liquides. See you.»

Il posa la bouteille de Smirnoff à ses pieds et remonta l'échelle jusqu'au quai. Christophe se changea et se coucha sur le pont. Les superstructures des chalutiers scintillaient au-dessus de la masse sombre des coques. À gauche, un banc de sable s'avançait entre la baie et le barachois. À l'horizon, la côte basse du Nouveau-Brunswick. Il releva le col de son loden et suivit du pouce la rampe qui entourait le bastingage et où le papier de verre avait fait surgir une croix gammée gravée dans le chêne.

Il perdit conscience et se réveilla sur sa couchette, vers onze heures du matin, avec une faim et une soif terribles. L'Irlandais avait dû le ramener dans la cabine au petit matin. Christophe ouvrit la radio: la flotte de guerre venait d'appareiller pour arraisonner des bateaux de réfugiés au large de Terre-Neuve. Le Canada est un pays propre, et il entend le rester.

Il n'avait pas le courage de réchauffer une boîte de conserve dans la cuisine qui tanguait légèrement. Il écouta le clapotis de l'eau, le bruit mat de la coque quand elle frappait légèrement les pneus fixés en guise de tampons contre le quai qu'il escalada par l'échelle vermoulue. Il fit ses valises, enveloppant de vêtements le cylindre contenant les microfilms, puis il laissa derrière lui, en plein soleil, la silhouette fine, élancée du Helgoland et il remonta vers la route déserte. Une odeur saline venait du marécage plein d'herbes folles au milieu desquelles se dressait une antenne émettrice maintenue par des tendeurs d'acier et reliée à la terre ferme par un ponton de rondins.

Hâtant le pas, il traversa le pont au-dessus du barachois et grimpa le raidillon vers la forêt escarpée entre la baie et la route nationale qui épouse, du haut des falaises, les découpures de la côte. Au bout d'un chemin creusé d'ornières inondées où les feuilles mortes tremblaient par-dessus le scintillement du soleil, il trouva l'hôtel de l'Irlandais avec ses trois étages de tourelles ajourées, de pignons ouvragés et de corniches à cariatides.

«Le patron n'est pas là?», demanda-t-il à la serveuse, après lui avoir commandé un kyr.

«Me voici!», répondit l'Irlandais. Il portait des jumelles autour du cou. Il avait vu une baleine avec ses trois bébés: bleue avec des nageoires jaspées de noir, et il croyait entendre encore les stridulements en écho produits par la plus énorme bouche de la planète, ce sifflement que les autres titans reprenaient à des milliers de kilomètres, et qui lui rappelait le son du sonar sur la coque d'un sous-marin.

«J'aurais voulu être baleine, dit-il, plonger au fond des mers, ne refaire surface qu'un océan plus loin.»

Christophe lui tendit un trousseau de clés. «Je te confie le bateau. J'ai certains comptes à régler.»

«Avec des vivants ou des morts?»

«Je n'en sais rien. Si je ne suis pas revenu dans six mois, le Helgoland est à toi. Tu peux me conduire à la gare pour le train de trois heures?»

Dans la voiture, l'Irlandais, visiblement avide de confidences, n'arrêtait pas de l'observer du coin de l'œil, mais Christophe se taisait. Il étouffait sous trois siècles de traîtrises, de défaites et de redditions; son histoire s'écrivait à l'encre invisible, en signaux de fumée. À quoi rêvent les peuples avortés? Leur agonie se fait discrète, civilisée, américaine, mais ils continuent de mourir même en vidéo clips, en bandes dessinées, en libre-échange. Il aurait voulu s'asseoir avec von Chénier et lui parler. Mais il était mort assassiné, sans personne pour le venger. Et son absence tourmentait Christophe autant que celle de son pays imaginé, ridiculisé, répudié. Il ne pouvait rien fonder sur le vide; il y tombait, voilà tout. Il ne lui restait qu'à habiter cette chute, lente et belle, qu'à la ralentir.

Peut-être, pensait Christophe, que l'Irlandais aurait pu le comprendre, parce qu'il n'appartenait pas à ces peuples triomphants, au verbe clair et haut, qui jouent leurs pièces sur les tréteaux de l'histoire, qui avancent les mains sur les hanches, avec leur dieu tutélaire, immense et flamboyant dans la nuit au-dessus d'eux; peuples qu'il admirait, tandis que le sien flottait dans l'indécis marécageux, le laissait orphelin du temps, comme un fœtus jamais né; ne lui donnait pas de point d'appui pour soulever le monde écrasant, énigmatique.

«Le mieux, dit l'Irlandais comme s'il devinait ses pensées, serait de ne jamais naître. Croire qu'on existe est la première erreur. Tu vas où, comme ça?»

«À Montréal. J'ai un travail de traduction à faire.»

«Sur les microfilms?»

O'Reilly freina et se gara sur l'accotement de la route. Il descendit, marcha jusqu'au coffre arrière qu'il ouvrit, et attendit que Christophe vienne le rejoindre.

«Regarde dans ta valise», lui dit-il.

Avant même de dévisser le cylindre et de constater qu'il contenait des pellicules vierges, Christophe avait deviné le tour que l'autre lui avait joué. Sans doute pendant qu'il gisait ivre mort sur le pont.

«Où sont-ils?»

«À Halifax. Je t'ai menti. Je n'essayais pas d'acheter le bateau pour moi, mais pour un client. Un Allemand qui n'avait pas le temps de venir au Canada. Il m'a téléphoné au chantier. J'ai accepté son offre. Il a viré à mon compte la somme nécessaire à la transaction. Plus une généreuse commission. Il m'a expliqué qu'il faisait une collection d'objets ayant appartenu à Hitler.»

Lui tournant le dos, O'Reilly s'était assis sur un rocher devant une pente raide, broussailleuse, qui descendait jusqu'à la baie des Chaleurs. Il lançait du gravier sur la tôle ondulée d'un tuyau d'égout à découvert.

«Il m'a rappelé la semaine dernière. Je n'ai pas aimé le ton de sa voix quand il a dit: 'Alors vous avez échoué à acheter le Helgoland?' Il a expliqué qu'en fait le bateau ne l'intéressait pas tant qu'un certain contenant métallique, qui se trouvait sous l'évier. Et s'il devait t'arriver un malheur, cela ne le gênerait pas. Je toucherais même une récompense supplémentaire, une prime comme à l'époque en Irlande. Ce salaud connaissait mon passé de terroriste... Je lui ai dit: ça, non! ce type est mon copain. Mais je ne voulais pas d'ennui avec cet Allemand. Alors je lui ai posté les microfilms.»

«Et pourquoi tu me racontes cela?»

«Tu aurais tout découvert à ton retour à Montréal. Tu aurais su que c'était moi. Je ne veux pas non plus d'ennuis avec toi. Et depuis que tu m'as raconté ton histoire, j'ai compris que le salaud au téléphone, c'est le même qu'en quarante-cinq. L'ennui avec les progrès de la médecine: ces nazis arrivent à vivre incroyablement vieux... Alors j'ai un cadeau pour toi: l'adresse où j'ai envoyé les microfilms à Berlin. Au nom d'une société probablement bidon... Eckel und Schmidt Import-Export. Tiens.»

Il lui remit un carnet d'allumettes sur lequel il avait griffonné les renseignements et ferma le coffre de la vieille Ford.

«Je ne sais pas comment ce type s'appelle. Mais je te conseille de régler son cas avant qu'il s'occupe du tien. Il connaît sûrement des tas de gens qui accepteraient de faire ce que moi j'ai refusé. Surtout s'il croit que tu as eu le temps de lire le contenu des microfilms.»

Ils se serrèrent la main sur le quai de la gare. Le train déroula l'arrière-pays ponctué de kiosques à frites; de bars topless; de rivières brunes et mousseuses comme la Guinness; de pylônes d'acier cancérigènes à haute tension; de M jaunes géants sous lesquels des clowns McDonald distribuaient les hosties de hachis aux fidèles agenouillés; de minigolfs entourés de barbelés décorés de fanions de plastique multicolores; de DC-3, de Boeing; de Constellation aux ailes coupées et transformés en discothèques; de fermes condos; d'arbustes enveloppés de sacs Glad. La magie habituelle semée en pagaille sur tout le continent.

À Montréal, Christophe se mit à l'étude intensive

de l'allemand. Il avait le don des langues, et il savait qu'en trois semaines il posséderait le vocabulaire de base nécessaire pour se débrouiller pendant un voyage. Ces sons étrangers, à travers lesquels perçaient des éléments de sens, dessinaient peu à peu un autre univers, où nuit et brouillard prenaient une allure sinistre quand ils s'appelaient Nacht und Nebel; où se devinaient des barbelés fixés sur des pylônes recourbés vers une vaste cour au gravier très fin, des attelages de détenus vêtus d'une combinaison et d'une calotte rayées, qui tiraient des rouleaux compresseurs, pour broyer les pierres qui rendaient la marche si agréable sous les bottes, tandis qu'on remontait l'allée centrale, à partir du centre administratif, et qu'on passait entre les baraques, les yeux fixés sur les sapins qui bougeaient doucement, au fond du camp, à gauche devant les crématoires.

Pouvait-on se délivrer des erreurs de l'histoire? Le rêve de libération nationale — le sien et celui de son père — n'était-il pas faussé au départ ? En avril 1933, les partisans les plus brillants de l'indépendance avaient prononcé des discours troublants, dans la salle du Gesù. Les persécutions hitlériennes contre les Juifs? Imaginaires! Son grand-père l'ingénieur-électricien était présent dans cette salle, et il applaudissait, avec ses deux fils, l'orateur: «On ne peut pas marcher sur la queue de cette chienne en Allemagne sans l'entendre japper au Canada.»

Il n'avait jamais vraiment connu son père. De tous les personnages historiques québécois, il était celui qu'on avait relégué dans l'ombre. Von Chénier ne figurait le plus souvent qu'en petits caractères dans les notes en bas de page des livres d'histoire. Peut-être parce qu'il incarnait mieux que quiconque la tendance de ce peuple à se trahir lui-même.

Le gouvernement central avait mobilisé de force le Canada français qui s'était prononcé massivement contre la participation à la guerre par le référendum de 1940. Le premier ministre du Québec, Duplessis, perdit le droit de s'opposer à la guerre. Il se vit interdire la radio en pleine campagne électorale. Son adversaire l'emporta. À l'armistice, on libéra Camillien Houde, le maire de Montréal, du camp de concentration où il croupissait depuis quatre ans pour s'être opposé publiquement à la conscription, on distribua des médailles aux héros, des pensions aux veuves, et on relégua le traître von Chénier aux oubliettes. La victoire qu'on venait de remporter contre le mal absolu excusait une petite injustice commise contre un petit peuple.

Sa mère faisait l'objet d'un mandat d'arrestation depuis 1939 comme ressortissante d'une puissance ennemie. Mais pas plus sur elle que sur son père, on ne pouvait conclure. Ils étaient tous deux disparus, et l'enquête officielle se terminait là. Quant à lui, il décida qu'elle débutait ce jour-là.

Sans hésitation, et bien que l'achat du Helgoland eût sérieusement rogné sur son héritage, il décida de se rendre en Allemagne. Rien dans son propre pays ne lui importait plus. Les sentiments ne se commandent pas. Il avait peur d'y mourir d'une overdose de défaitisme. On lui avait appris la peur et il ne savait plus comment s'en débarrasser.

2

À Mirabel, une voix hautaine, impérieuse interrompit le piano de la musiquette: «Deuxième appel pour le vol Lufthansa à destination de Berlin.» Speakerine d'aéroports fabriquée en série à Taiwan. Des tubes de nickel formaient des cubes et des pyramides au-dessus du bar où s'éventait sa bière. Une cinquantaine de drapeaux nationaux tombaient du plafond, à jamais immobiles dans l'air figé.

«Nous vous prions d'attacher votre ceinture...» Coups de coudes des voisins. Klaxons, vrombissements, on décollait. Les passagers suaient en feignant le calme. La sensation d'ascenseur qui monte, les entrailles qui se contractent sur le vide. Il devenait un projectile qui ne peut plus rien toucher du monde d'en bas, ni femme ni enfant, sans les réduire en charpie.

Coiffé d'un chapeau tyrolien vert, son voisin de gauche, psychologue motivateur d'Ottawa, vivait dans l'angoisse depuis que son frère jumeau était mort. Il élevait en anglais ses enfants pour se venger de sa mère séparatiste qui lui avait lancé un couteau à la tête. «Ça, c'est l'Allemagne», dit un vieux Munichois en montrant une miche de pain de seigle dans son assiette de plastique. Eucharistie teutonique. Un Vietnamien s'arrachait les cheveux, touffe après touffe; l'hôtesse lui donnait des calmants. «Ça arrive chaque fois; plusieurs ne supportent pas l'exiguïté des classes économiques.»

Christophe poussa le verrou et le plafonnier des w.c. s'alluma. Les yeux rougis, il se sourit dans le miroir éclaboussé de savon et d'eau de Cologne. Connivence solitaire, qui rétablissait son identité perdue, fragmentée. Tout changeait, sauf ce regard inquiet et fou dans la glace. Envoûtement narcissique.

Un aseptisant bleu clapotait au fond de la cuvette. Une autre nuit sans sommeil. Il ne restait plus un coin propre sur la serviette. Il dut s'essuyer dans la saleté des autres. Quand il sortit de la cabine, une passagère lui sourit. Yeux verts, pommettes saillantes. Elle lui offrit une cigarette. «Je suis antiquaire, dit-il. Je me spécialise dans la faïence prussienne. Très rare après toutes ces guerres. Vous?» Danseuse. Elle faisait une tournée en Allemagne.

Bref sommeil qui rétablit l'équilibre avec le dehors, qui l'allégea de ses rêves. On éteignit et l'hôtesse déroula le petit écran. Caoutchouc brûlé et artère durcie avaient la même odeur dans son esprit : tributs à payer pour aller plus vite vers la crise cardiaque. Il changea de siège pour contempler les côtes de l'Irlande, saignantes sous les coups de couteaux du soleil. Londres passa sous l'aile droite. L'Europe se bousculait. Y a-t-il un seul endroit à l'abri du passé? Il le poursuivait, comme un burlesque dictateur à moustache dans un labyrinthe vidéo.

Christophe réfléchissait à ce que lui avait dit l'Irlandais, pour dresser un plan, pour passer d'une petite roue dentelée à une plus grande. La stratosphère hurlait comme un poumon crevé au-dessus des Alpes apoplectiques.

Le vent secouait l'appareil; son voisin se caressait l'entrejambe d'un index distrait et leva le coude pour boire le fond de son verre de coca: un glaçon cacha une partie du mont Blanc. «Ladies and gentlemen, kindly refrain from smoking.» Le paysage montait vers eux comme une grosse main s'abattant sur l'appareil. Les hangars en bordure de la piste défilaient à toute allure. Les pompiers rouges, les collines jaunes, les réservoirs de fuel gris.

Un aéroport de science-fiction créé par un architecte prussien. Dans le matin insomniaque du décalage horaire, il revoyait la terre ancestrale de sa mère. Berlin l'attendait! Il bâilla au volant de son Opel de location. Quinze minutes et il arrivait à l'hôtel-pension Müller. Il rangea ses costumes dans la penderie pour les défroisser. Sieste d'une heure, et puis cette chose panée et frite qui s'appelait «Kotelette».

C'est ici, aux marches de l'Empire, que s'arrêtaient les marches de l'OTAN. Checkpoint Charlie. La porte de Brandebourg qui encadrait parfaitement de ses arches l'ange doré de la colonne de la victoire. À droite, le Reichtag, une caserne soviétique, une cantine mobile; de petits arbres plantés récemment; des fossés pleins de ferrailles; maisons mobiles, rubans bleus, poteaux rouges. Dans le parking, deux lièvres couraient sous les autos. À la radio, Aida chantait qu'elle n'aimait son héros qu'au tombeau, qu'elle voulait le réchauffer dans les entrailles de la terre. Reuter Platz. La Strasse des 17 Juli se perdait à l'horizon, plus large que les Champs-Élysées.

À la place des tours vitrées, il imaginait le Berlin de son père, quarante ans plus tôt: les cuisines à nu, on mange dans les ruines; les adresses des survivants inscrites à la craie sur les murs; le patinage au palais d'hiver; l'eau qu'on va puiser avec un seau à la fontaine; les vaches dans les rues; les vélos réquisitionnés; les squelettes dans le métro; le canal qu'on traverse en radeau; les sandales de paille; les labours à côté de la cathédrale Wilhelm II, en plein Berlin; les tuyaux arrachés qui pendent des façades.

Pour se rendre à l'adresse indiquée par O'Reilly, il traversa à pied le Tiergarten, sous les éclairs noirs des arbres dénudés contre le ciel froid d'octobre. Depuis son départ de Montréal, deux jours plus tôt, il n'avait dormi que quelques heures, d'un sommeil fiévreux et léger. Il s'était tellement arraché la peau autour des ongles que plusieurs de ses doigts saignaient. Son ulcère le brûlait, malgré les gorgées d'hydroxyde qu'il buvait à même la bouteille qu'il tenait à la manière d'une arme au fond de la poche de son imper. Pour chasser la douleur, il s'appliquait à respirer lentement entre ses lèvres qui tétaient l'air plein d'une odeur de boue.

Contre le sol rougeâtre et sablonneux, il apercevait Lizbeth telle que les flashs des bombes au phosphore l'avaient photographiée sous ces mêmes chênes, tandis qu'elle cherchait à fuir avec von Chénier ce Berlin qui deviendrait leur tombeau.

Soudain, au bout du sentier asphalté, entre deux buissons, une forme grise rugit à sa rencontre, avant de rebondir sur la clôture grillagée qui les séparait. Les aboiements furieux du chien-loup retentirent jusqu'à l'ordre sec d'un garde soviétique qui s'appuya un instant sur le grillage pour le regarder de ses yeux inexpressifs sous le bonnet de fourrure, avant de faire demi-tour et de reprendre sa marche mécanique, au pas de l'oie, devant une effigie géante de lui-même: la statue de trente mètres de hauteur que les Russes ont érigée à la gloire de leurs soldats, juste devant la porte de Brandebourg, et où des Sibériens veillaient sur la flamme sacrée, tandis que des recrues asiatiques balayaient le sol.

Il aurait dû mourir alors, pensait-il, au terme d'une longue marche sur l'avenue Unter den Linden, en direction de Moscou, enjamber les chicanes, ne pas s'arrêter aux sommations des soldats, jusqu'à une ultime chute, le visage contre le trottoir: sa nuit intérieure devenue blanche.

Il s'était fourvoyé. L'adresse de Eckel und Schmidt VG se trouvait bien à gauche, au bout de cette rue, mais à l'Est. De retour à l'Opel. Deux heures plus tard, arrêt à Checkpoint Charlie, devant le masque reptilien d'un frontalier en Feldgrau, qui promenait sous la voiture un miroir monté sur un chariot, s'assurait que les deux livres sur la banquette étaient pour l'usage personnel de Christophe, que la radio de bord ne servait qu'à capter et non à émettre, et qu'on lui versait bien les vingt-cinq marks du visa de vingt-quatre heures qu'accordait la RDA.

Ça montait du corps vital, sans yeux ni oreilles, musculaire et nerveux uniquement, avec le rythme du sang dans la bouche. Pas moyen de s'arrêter, de se figer. L'Informe se modifiait à chaque seconde, prenait un nom et un chapeau pour le saluer au képi et lui faire signe d'avancer. À l'Est comme à l'Ouest, les marionnettes n'arrêtaient pas de défiler pour lui donner des émotions.

Il tirait sur les têtes de caoutchouc et il découvrait sa main qui, gênée de sa nudité, pointait de l'index vers sa tempe, et il se mettait à rire, seul au volant.Oh! qu'il aimait ce jour d'automne où le froid semblait venir du soleil aveuglant! Perdu, arrêté, le nez dans les cartes, il leva les yeux pour découvrir une Orientale qui s'approchait de la voiture, comme si c'était elle la destination qu'il cherchait sur les quadrillages millimétrés. Âgée d'au plus vingt ans. Petite, brune de peau et vêtue de jean crasseux, un bandeau rose relevant ses cheveux crépus au-dessus de ses yeux d'antilope.

Elle se pencha à sa portière. Oui, elle connaissait bien le quartier et acceptait de lui servir de guide. Elle se retourna et lança un cri. Ses trois compagnons surgirent de derrière un camion. Tous assez jeunes. Abdoul qui voulait faire des études d'ingénieur. Sélim, un terrassier qui jouait de la guitare. Saif, le plus costaud, un camionneur avec une grosse moustache. Et Fatima, leur «sœur», qui leur servait d'interprète en allemand et en anglais. En suivant leurs indications, Christophe se retrouva rapidement devant l'adresse d'Eckel und Schmidt Import-Export: une conciergerie avec les fenêtres obturées par des panneaux de contre-plaqué, vidée de ses habitants parce qu'elle se trouvait trop proche du mur.

Ces frémissements devaient cesser. Les instructions ne venaient pas en basic, ni en allemand, mais en français, dans les doigts, la langue. Il dérivait. Le vent avait tourné. Il ramait vers la lointaine grotte où ses parents s'étreignaient dans le noir. La scène qui le révulsait et le fascinait, qu'il n'avait pas pu voir parce qu'ils l'avaient abandonné, mais qu'il espérait reconstituer avec deux cadavres, deux tas d'ossements superposés comme à Pompéi. Il était prêt à prendre feu au moindre arrêt de la loupe.

La piste fournie par O'Reilly s'arrêtait ici. Christophe questionna un voisin qui montait dans sa voiture. «Amerikanisch?», lui demanda-t-il. Un sportif: chaussures de jogging. Fatigué, il ne précisa pas: Kanadischer. Pourquoi a-t-on vidé cet immeuble? Ils ont fermé tout ce côté de la rue. Trop de tunnels. Le dernier passait même par l'ancien bunker d'Hitler. Où sont les anciens locataires? Au bureau de poste, on devrait le savoir.

Longue attente dans un monumental hall de marbre. La Fräulein des Postes fronça les sourcils, puis avec un soupir d'impatience, alla consulter son supérieur. Longs conciliabules à voix basse au-dessus de grands cahiers. «Nous n'avons pas d'adresse pour faire suivre», dit-elle en revenant se jucher sur son tabouret.

«Leur courrier?»

«Nous le gardons ici deux semaines. Ils peuvent venir le chercher poste restante.»

Mieux qu'une case postale, pensait Christophe en rebroussant chemin. Les Turcs doivent retourner à l'Ouest après avoir fait renouveler leur visa de transit par les autorités est-allemandes. «Cent marks à chaque fois», lui dit Fatima. «Si nous ne trouvons pas de travail, la prochaine fois, sûr qu'on nous renvoie à Ankara.» Elle lui jeta un regard plein d'espoir. Un moment il songea à l'engager comme guide et comme interprète. Peut-être. Pour l'instant, il n'avait qu'une envie: se coucher et rattraper son sommeil en souffrance.

Il les laissa à une station de métro. Fatima l'invita à la visiter, à Kreuzberg. Au moment de s'endormir, Christophe vit von Chénier entrer dans sa chambre, vêtu d'un uniforme chamarré. Son visage dans l'ombre. L'exhortant d'une voix douce à continuer ses recherches. Levant à sa santé l'éclair d'or d'une Kronenburg, dont le boc miroite sur la nappe jaune de la table de nuit. J'ai voulu conquérir cette ville, expliquait son père. À nous deux, nous le pouvons encore. Je voudrais que tu me donnes le repos. Et que tu rétablisses l'honneur de notre nom. Mais lui, Christophe, n'avait pas de fils. Quand il mourrait, tout disparaîtrait qui n'avait de place que dans sa mémoire, y compris le présent. Ces visages frôlés dans les escaliers, quand les regards se croisaient, comme des feuilles qu'emportait le vent mauvais. Ici, dans ce lit, il se regardait, pâle héros d'un pays avorté.

Le lendemain, il retrouva Fatima dans le meublé d'une pièce de Kreuzberg où elle habitait seule. L'air était glacial, malgré le serpentin incandescent d'une chaufferette. Elle gelait dans son tee-shirt qui tombait sur son jean fuselé près des chevilles nues, tandis qu'elle frottait devant sa bouche ronde ses poignets ornés, en guise de bracelets, de plusieurs montres quartz de pacotille. De minuscules agrafes de tôle lui pinçaient les oreilles. Ses grands yeux s'écarquillaient sous le bandeau qui dégageait son front.

«Peux-tu m'accompagner à l'épicerie?», demanda-t-elle.

Une grande force l'envahit soudain. Finie l'époque des fluides hésitations et viscérales angoisses! Il devenait tigre, sa démarche s'allongeait, il se sentait capable de tuer dans la joie. Il frappa un caillou du pied: il heurta une tulipe rouge qui trembla et perdit un pétale.

Sur l'herbe mouillée, se creusait l'ombre d'un chêne projetée par un réverbère. À mesure qu'il avançait, les branches se déplaçaient sur la gauche. Il serra les mains dans les poches de son blouson, nids protecteurs dans le cuir italien, à la hauteur du nombril, sous lequel se tapissait un animal qui l'entraînait derrière cette Ottomane qui se déhanchait sur les talons surélevés de ses bottes western. Elle se retourna et lui sourit de ses dents petites, régulières. Il porta des ananas et deux pintes de lait dans un sac de plastique.

Comment courtiser une Turque de vingt-quatre ans, qui n'avait qu'à fermer les yeux pour se retrouver à Ankara, dans la grande villa que son père le colonel Saïd Nursi a construite derrière le Mausolée de l'Atatürk, avec dans l'oreille les trompettes de la relève de la garde devant la colonnade carrée? Il ressentit un picotement aux lèvres, comme après une anesthésie. Fatima se manifestait avec un éclat intense, une réalité qui lui arrachait des larmes d'admiration. Elle s'était couchée sur son lit. Ses mains s'abattirent sur elle comme des mouettes sur la mer, elle dit encore, et son plaisir commença à monter.

Au matin, il lui expliqua qu'il avait besoin d'une interprète pour l'aider dans les recherches qu'il comptait faire pour la biographie d'un personnage historique canadien: André Chénier, connu sous le nom de von Chénier, et mort à Berlin, en 1945. Il faudra consulter des archives. S'adresser à différents ministères.

«Qui est-il pour toi?», demanda-t-elle.

«Mon père. Un homme qui s'est trompé. Et qui a tenté de se racheter.»

«Quand un père se perd, répondit-elle en le regardant fixement, c'est souvent avec son fils, non?»

Ils affrontèrent le vent glacial pour aller manger au McDonald de la Kurfürstendamm. Dans Les Âmes mortes de Gogol, dit-il à Fatima, on trouve un personnage russe dont le nom est Macdonald. Il avala la galette de viande. Ite missa est.

Recherches dans les couloirs des ministères, à interroger des centaines de fonctionnaires, à photocopier des documents, à scruter les plans de la ville à l'époque. Ils se racontaient chacun les humiliations de leurs peuples respectifs.

«J'ai trente ans de moins que toi, disait-elle. Mais tu es naïf ! Blond et mince et dur. Comme une lame de couteau. Comme un garçon que j'ai aimé à Ankara. Même regard métallique. Lui aussi posait des bombes. La sienne lui a explosé entre les mains. Dans un aéroport. C'était un chiite. À cause de lui, je ne peux pas retourner chez moi pour terminer mes études de médecine. Je suis fichée comme terroriste.»

Pour l'égayer, elle l'entraînait sur la Kurfürsten-damm, où ils écoutaient le babil néo-babylonien de la ville, guettaient ses fantômes. Dans les discothèques, les néons roses serpentaient au-dessus des danseurs, la serveuse balançait des hanches contre la caisse. Immense cité au cœur brisé, mais à l'estomac de béton, capable encore d'avaler le monde. L'addition s'il vous plaît! Sign it! Everybody is signing it! dit Fatima adossée à un palmier de plastique, vêtue d'un tailleur fait de deux pièces reliées par des lacets sur les flancs. Quand elle se penchait pour s'allumer au briquet de Christophe, il devinait son sein gauche.

«N'hésite pas à devenir un assassin, lui dit-elle, prends n'importe qui et tords-lui le cou. À l'école, je défendais mes idées à coups de ciseaux.» Elle gravit l'échelle qui menait à la piste de danse et chacun de ses déhanchements forcés par sa jupe trop étroite lui montrait la rainure de ses bas de nylon qui suivait la courbe des cuisses sous l'étoffe, jusqu'à l'autre rainure, plus secrète.

Elle ouvrait la voix à son désir.

Elle lui cria, par-dessus la musique: «Ne pense pas à tous ces morts. Tu sais ce qu'ils veulent de toi? Que tu goûtes, que tu jouisses, puis que tu leur racontes.»

Elle lui expliqua qu'elle cherchait une terre d'asile. Qu'avait-il à lui offrir? Elle lui caressa la nuque. «Tu pourrais me faire venir au Canada?», demanda-t-elle. Il éclata de rire en déboutonnant sa robe. Il posa sa tête sur sa poitrine et il se boucha les oreilles avec ses deux seins parfumés au patchouli. Prêt à commettre des crimes pour caresser sa crinière de lionne tombant sur des reins dont la seule vue le faisait saliver.

Il avait quitté son hôtel pour habiter avec elle, à Kreutzberg. Le linge pendait lourdement de la corde tendue entre un montant du perron et le grand peuplier, dont les feuilles frémissaient. L'asphalte de la ruelle gondolait, ridé de vagues noires et figées. Une trame couvrait le ciel, où serpentaient des nuages violets, pareils à des chenilles tissant leur cocon, enveloppant Berlin d'une soie qu'il espérait indestructible. Les images avait besoin d'un nouveau réglage, celui des rêves. Il s'endormit en écoutant tomber la pluie.

3

À soixante-quinze ans, Ernst Hofer était cruellement déçu de la vie. Les brevets de son laboratoire pharmaceutique tombaient dans le domaine public, de sorte qu'il ne touchait plus aucun droit sur les médicaments inventés par les chimistes juifs dont il avait stimulé la créativité en les tenant à l'écart des camps — le temps de récolter les fruits de sa générosité. Attelés à quelques remèdes miracles, ces Juifs lui avaient permis de vivre luxueusement dans sa villa à colonnade corinthienne de Tempelhof, achetée en 1953 à un général américain du vieux Sud.

Malheureusement le démon de la politique le possédait encore, de sorte que durant ces années grasses, au lieu de tout investir chez Krupp ou BMW, il avait subventionné une maison d'édition spécialisée dans les récits d'anciens bourreaux déguisés en nobles héros du front de l'Est. Or, de la matière grise israélite, il ne restait maintenant aucun jus à presser. Pour se renflouer, il avait compté sur un contrat avec le Pentagone, qui voulait stocker des pilules pour le suicide des survivants éventuels d'un conflit nucléaire. Mais un sénateur questionna d'un peu trop près les antécédents politiques du président de la firme suisse propriétaire du brevet. Un Juif bien sûr. Leur persécution contre l'Allemagne ne cesserait donc jamais!

Hofer se croyait acculé non pas à la pauvreté, mais à la médiocrité. Comme Mengele et Eichmann avant leur mort, ramenés ainsi à leur condition originelle de petits-bourgeois frustrés et ternes. Il s'était longtemps juré d'éviter ce sort minable, fût-ce au prix d'un suicide wagnérien qui transformerait sa villa en bûcher funéraire. Mais avec l'âge il envisageait de survivre même sur un train plus modeste.

En réalité, il restait multimillionnaire, en dollars et en marks, mais dans son esprit, sa fortune ne pouvait que décliner rapidement du fait qu'elle cessait de croître. Sans se l'avouer, il croyait que son existence n'aurait pas de terme tant que son capital resterait inépuisable. Lui, pensait-il en soupirant, qui avait failli devenir vice-roi du Québec, maître absolu d'une population entière, finirait donc ses jours dans un meublé miteux de Kreuzberg ? Non! Il sentit que le salut lui viendrait de son lointain empire imaginaire quand il lut dans un magazine canadien auquel il était resté abonné obstinément que le Helgoland — rebaptisé de façon blasphématoire le Pickle — serait mis en vente aux enchères au début juin, dans le port de Halifax.

Il se souvint des microfilms qu'il avait dissimulés à bord, si soigneusement qu'au moment du naufrage il n'avait pas eu le temps de les récupérer. Personne ne les avait découverts, car les milieux qu'il fréquentait encore auraient appris très vite l'apparition de documents en provenance du Führerbunker.

L'argent qu'il câbla à O'Reilly lui aurait rapporté au centuple, si les microfilms n'avaient contenu, à l'examen, que quelques banales dépêches non signées, adressées aux troupes défendant la Zitadelle Berlin. Sans aucune valeur commerciale sur le marché noir des souvenirs nazis. Cette transaction l'appauvrit de quelques dizaines de milliers de marks, mais il en tira la conclusion que von Chénier avait saboté l'opération de microfilmage et que les cahiers que scribouillait Hitler lors des derniers jours étaient restés au fond, dans ce bunker secret que les Russes n'avaient jamais détecté sous le bunker officiel dont ils avaient dynamité les voies d'accès en 1947.

Retrouvé dans les malles d'un ancien GI décédé, un album de photos d'enfance du Führer s'était vendu quatre cent mille dollars. Et pour les faux souvenirs d'Hitler, le Spiegel avait payé six millions de marks. Graphologues tous d'accord pour en confirmer l'authenticité: de la main même du Führer, avec les tremblements idoines après l'explosion de la bombe du colonel Stauffenberg, disaient-ils. Mais personne pour se demander comment il aurait eu le temps d'aligner des armées entières de mots, au moment où ses divisions blindées étaient en déroute. Après analyse chimique et spectrographique, on découvrit que les cahiers avaient été fabriqués en 1980. Avec du papier canadien d'ailleurs.

Alors, à la Foire de Francfort, au mois d'octobre, le gag entre éditeurs: qui avait craché, et pour combien? Pour un Mengele exhumé du cimetière, quelle moisson de délires : Bormann cultivant des pastèques en Bolivie, Gœbbels sur un ranch au Colorado. Mais combien se vendrait aujourd'hui un texte manuscrit et inédit du Führer? Rien qu'à y penser, il en frissonnait d'aise. Restait le délicat problème de la récupération dudit manuscrit.

Sur ces entrefaites, le fils de von Chénier débarquait à Berlin et se mettait à brailler dans les couloirs de la préfecture et du Sénat pour qu'on lui explique ce qui était arrivé à son père quarante ans plus tôt. Par son réseau d'anciens camarades du ministère de la Propagande, il obtint facilement le nom de l'hôtel où le nouveau propriétaire du Helgoland avait clamé qu'on pouvait le joindre. Il fut tenté d'ordonner qu'on écrase ce frelon qui à force de bourdonner au-dessus de quelques cadavres anciens finirait peut-être par piquer la curiosité de la presse canadienne. Même aujourd'hui, une enquête sur la mort accidentelle de Perceval Perkins l'ennuierait, surtout en l'absence d'un policier protecteur et tricheur comme Dansereau. Publicité, procès, déportation: le scénario était malheureusement trop connu et se terminait souvent à Jérusalem.

Mais avant de s'en débarrasser, il désirait mettre cet importun visiteur canadien à contribution. Il comptait s'inspirer d'une méthode terriblement efficace pour les bourreaux paresseux: demander d'abord à la victime de creuser sa propre fosse. Car il pensait que la vérité est une fixation cadavérique du dernier neurone, en train de moisir sur une plaque de verre sous le microscope d'un Prix Nobel.

4

«Comment, s'écriait Christophe en ameutant les fonctionnaires prussiens par l'intermédiaire de Fatima, vous ne trouvez pas les relevés d'emploi de mon père André Chénier? Quel scandale! Il a travaillé six ans pour votre gouvernement. Nous sommes persuadés, ma famille et moi, qu'il n'a pas reçu ses pleins honoraires. À moins de preuves contraires, nous vous intenterons un procès pour récupérer notre dû. Nous alerterons aussi notre ambassade pour obtenir des réparations de guerre.»

Il bluffait. Sa cause, aucun tribunal international ne la recevrait seulement. Mais il espérait lever ainsi son gibier. Et deux semaines après son arrivée à Berlin, un dimanche matin, il reçut un coup de fil d'un nommé Hofer.

«J'ai appris, par des amis à moi, que vous cherchiez à vous renseigner sur von Chénier. Votre père, nein? Alors je voudrais vous aider. Je l'ai connu un peu et j'avais de l'amitié pour lui.»

Il lui donna rendez-vous pour le déjeuner dans

un café du Tiergarten. Qui était ce Hofer? Un spectateur innocent, un simple comparse ou «l'ami allemand» dont Virginia lui avait parlé? Impossible de le savoir sans s'exposer au danger, comme en radiographie. Christophe mit à s'habiller le soin méticuleux des toréadors avant la corrida. À ses poignets scintillaient des boutons de manchette de dix-huit carats; il transperça sa cravate noire d'un rubis qui rougeoyait sur son plastron entre les revers d'un costume Maxim à chevrons.

Fatima semblait intimidée, qui n'avait vu son amant qu'avec des jeans à quoi se résumait presque sa garde-robe à elle. Comme elle insistait pour l'accompagner et que les boutiques de mode étaient fermées, il prétexta son incongruité vestimentaire pour lui demander d'attendre dans la voiture. En réalité, il préférait que Hofer ne pose pas les yeux sur elle.

Après quelques minutes à errer dans les chemins de l'immense parc au volant de l'Opel, il trouva le restaurant: pavillon de chasse aux grandes baies. Il se gara un peu plus loin, derrière un bosquet de sapins.

Un garçon lui montra la table de Hofer qui parlait dans un téléphone cellulaire tenu par un chauffeur en livrée, immobile devant un seul couvert. Cheveux noir corbeau, nécessairement teints à son âge. Ses yeux d'encre jetaient des éclairs de pure ruse; il humecta de sa langue son index droit qui lissait ses sourcils broussailleux. Il raccrocha, puis prit une serviette que l'autre noua sur sa nuque. Christophe s'avança.

«Herr Hofer?»

«Monsieur Chénier!»

Une voix lourde et compacte. Sur le papier peint de la salle à manger, tombaient lentement des violettes. Il se leva. Poignée de main à l'américaine plutôt qu'inclination du torse, comme dans le Nord.

«Quel plaisir de revoir le fils d'un ancien ami. Vous ressemblez vraiment beaucoup à votre père. En plus vieux, évidemment. Puisque le pauvre est disparu si jeune. Asseyez-vous et voyons si je puis vous aider.»

En parlant, il pinçait son nez couperosé et en trompette, à l'extrémité bulbeuse, et il avançait son menton en galoche.

«J'essaie de reconstituer la vie de mes parents ici à l'époque, dit Christophe. J'ai entrepris d'écrire la biographie de mon père. Pas facile sans documents ni témoins.»

Hofer écoutait, les mains sur son ventre légèrement pansu et, glissant ses pieds hors de ses escarpins, il se berçait doucement, presque à s'endormir lui-même. Il expira alors brusquement et avala d'un coup son drink: mélange de coca et de rye, dont il fit furieusement tinter la glace, sur quoi le garçon se précipita avec un autre verre.

Du coin de l'œil, Christophe remarqua que le maître d'hôtel refusait une table à Fatima. La salle à manger était pourtant presque déserte en ce milieu d'après-midi. Les jeans et le djellaba faisaient mauvais effet. Elle retourna attendre dans l'Opel.

«Prosit!» Hofer leva son verre en l'étudiant derrière ses lentilles cornéennes jaunies. «Ainsi vous vous intéressez à votre père, bien sûr. Vous, à l'époque, angelot dans votre paisible igloo... Von Chénier. Élevé par votre grand-mère à la mort de votre oncle Perceval? Permettez que nous poursuivions en français. Votre allemand...» Il soupira. «Et votre accent canadien me rappelle tellement de souvenirs. J'ai suivi votre vie politique. Vos partis nationalistes: pas plus de chance que votre père à l'époque. Votre pays, on ne peut l'attraper ni par la gauche ni par la droite. Et vous? Divorcé et pas d'enfant? La lignée s'arrêtera donc ici. Dommage. Moi, les affaires me tuent, me crucifient. Non, pire, parce que là encore, la position serait à peu près normale...»

Il écarta les bras et pencha la tête de côté.

«Mais disjoint, démembré dans des postures grotesques, jusqu'à ce que les concurrents m'aient haché menu. Quand le mark se fait chair, qu'arrive-t-il? Une crucifixion à l'envers, une croix gammée? Vous ne fumez pas?» Son chauffeur lui alluma un cigare. «Alors vous êtes traducteur, je crois. Vous arrivez à en vivre?»

«Je restreins mes dépenses.»

Hofer éclata d'un rire énorme. «C'est de l'humour allemand, ça. Très bien !»

Il s'interrompit pour verser dans son drink une ampoule rose. «Mon invention. Du hoferium, dit-il. Euphorisant à faible dose, euthanasiant en forte quantité. Sentez!» Une odeur de chlore. Il souffla sur le goulot brisé de l'ampoule. Une note grave. «Le Pentagone en aura besoin pour éviter les douloureuses agonies radioactives aux masses américaines. Au fond, les nazis étaient des enfants. Maintenant on fait beaucoup mieux. Avec moins de fanfares, mais beaucoup mieux. Le hoferium sera l'hostie chimique du vrai dieu: la mort, nein?»

Dehors, près de la mare aux canards, trois putains, mini-jupes de cuir fendues sur le cul, suçaient leur pouce. Fatima baissait la glace. Au loin les lumières de Berlin scintillaient, jusqu'à la grande zone d'ombre de l'Est. Un silence.

«Je ne peux pas tellement vous renseigner. Votre père travaillait pour moi, mais je le rencontrais rarement. À des réunions de service. Je l'ai revu dans les derniers jours. J'étais passé au bunker recevoir les ordres de mon patron, le docteur Gœbbels, un homme charmant, savez-vous, et si instruit. Il n'y avait pas de lune quand je suis arrivé. Vos parents se tenaient à l'entrée, à côté de la tour d'aération. On venait de la construire pour protéger la prise d'air d'une grenade à gaz. Avec son toit conique, elle ressemblait à la fusée de Méliès, dans le *Voyage à la lune*. Votre père m'a dit: 'Dommage qu'on ne puisse pas la faire décoller.'»

«Tous les Berlinois voulaient échapper à l'encerclement. En revanche, nos collaborateurs étrangers, comme votre père, refluaient vers le centre, car pour eux la capture signifiait souvent le peloton d'exécution, et la chancellerie défendit son dernier périmètre avec des SS français de la division Charlemagne.»

«Vos parents avaient l'air épuisé. Surtout votre père, dont l'organe vocal, celui d'un des ténors de notre radio, se réduisait à un fil éraillé. Je lui demandai combien de temps il comptait rester. 'Jusqu'à la fin. D'ailleurs je n'ai pas le choix', chuchota-t-il en montrant une sentinelle qui ne nous quittait pas des yeux. Il m'entraîna un peu à l'écart et murmura encore plus faiblement: 'Il y a un bunker sous le bunker. C'est là qu'ils prévoient attendre que l'orage passe avant de s'enfuir.'»

«Nous bavardâmes un instant, puis il frappa du plat de la main le cahier qu'il serrait sur sa poitrine. 'J'ai profité de ce repos forcé pour écrire mes mémoires.'»

«Même dans ce décor de fin du monde, votre mère étincelait à tel point qu'Eva Braun en était jalouse. Elle s'inquiétait des corbeaux de neige, qui d'habitude faisaient escale à Berlin dans leur migration et qui cette année-là avaient presque tous survolé la ville sans s'arrêter. Ceux qui avaient eu la mauvaise idée de se poser jonchaient les rues de leurs cadavres mitraillés, ou bien ils tournaient en nuées affolées et bruyantes. Lizbeth s'en voulait d'avoir entraîné son mari dans cette aventure malheureuse.»

Les yeux de Hofer s'humectèrent, tandis qu'il semblait hésiter, l'air ému.

«Juste avant qu'un des gardes le ramène vers l'escalier de métal qui s'enfonçait dans le sol, von Chénier m'a dit: 'J'ai raconté mon histoire pour que mon fils Christophe sache la vérité sur moi.' Voilà pourquoi, mon cher, je tenais tellement à vous rencontrer: j'avais un message à vous transmettre...»

Peu à peu la salle s'emplissait de clients coiffés de tyroliens. Schuppmann, le chauffeur, les avait quittés et, juché sur un tabouret, son visage de boxeur penché sur le dessus du bar en nickel, il se gargarisait avec du schnaps comme s'il s'apprêtait à cracher sur son reflet. Fatima causait avec une des putains postée à l'entrée d'une allée forestière. La méfiance de

Christophe fondait à mesure que l'autre lui présentait ses parents sous un jour sympathique.

Hofer regarda sa montre. «Auriez-vous encore quelque temps à consacrer à un pauvre vieillard? Je voudrais vous faire visiter un lieu qui vous intéressera sûrement.»

Christophe acquiesça. L'autre plia sur la longueur un billet de cinquante marks neuf qu'il plaça sur l'addition. Assise au volant de l'Opel, Fatima eut le réflexe de les ignorer quand ils sortirent, mais elle suivit la lourde Mercedes conduite en douceur par Schuppmann. Ils s'arrêtèrent à cent mètres de Checkpoint Charlie. Hofer et son invité montèrent à l'une des tourelles publiques d'observation. Escalier de bois, trois volées sans contremarche, rampe branlante mal rabotée, puis une fragile plate-forme avec des planches disjointes, maculées par les semelles des visiteurs.

Quand ils levèrent les yeux face au vent qui faisait pleurer, leur regard rencontra le premier mur et son délire de graffitis; puis, en plongée, le no man's land avec ses barbelés et ses chicanes anti-char qui se hérissaient sur la poussière de béton provenant des fortifications: miradors en quinconce percés de baies-miroirs où se reflétaient les nuages, guérites où des sentinelles tapaient du pied.

Hofer lui montra une faible butte dans l'espace interdit entre les deux murs. «Dessous, il y a le Führerbunker, dit-il. Les Russes ont fait sauter les voies d'accès en 1947, et ils ont nivelé le sol. En 1966, un Berlinois de l'Ouest a creusé un tunnel jusque-là pour faire évader sa famille de la zone soviétique.

Qu'a-t-il vu? Hitler avec son berger allemand qu'il n'a jamais réussi à dresser, lisant le Spiegel et suivant à la télé un match de foot, Nuremberg contre Hanovre? Vivant sans air ni nourriture, écrivant des mémoires apocryphes?... Je plaisante, bien sûr. Mais si votre père m'a dit la vérité, le troisième bunker se cache là, sous les deux étages souterrains que les Russes ont découverts. Et je ne veux pas vous faire de peine, mais vous y retrouverez probablement les dépouilles de vos parents, et peut-être aussi les mémoires de votre père.»

Ils redescendirent. Des punks faisaient griller une saucisse sur un grill et les saluèrent en levant le bras négligemment. «Sieg heil!» Ces mots, proférés à voix basse, résonnèrent comme si une foule les clamait.

«Je serai franc avec vous, continua Hofer, tandis qu'ils marchaient le long du mur, sur un sentier broussailleux, jonché de cannettes de bière écrasées et de jaunes emballages de Kodacolor. Votre affaire m'intéresse aussi d'un strict point de vue commercial. J'ai une petite maison d'édition qui ne marche pas trop fort actuellement, mais que je pourrais relancer en publiant le journal de von Chénier. Ainsi que le récit de votre exploit si vous bernez les Russes en creusant un tunnel sous leur nez. Nous, les Allemands, nous adorons nous venger avec des blagues de ce genre. Notre jeune aviateur qui a posé son Cessna sur la place Rouge a récolté une fortune.»

Schuppmann les suivait dans la Mercedes. Fatima demeurait invisible. Avait-elle renoncé à sa filature? Ils arrivèrent devant une villa bleu prusse de trois étages à louer, lézardée par les intempéries. Vide dans l'attente d'un acheteur qui la rénoverait, ou plus probablement la démolirait. Seule au milieu d'un terrain vague.

«Voilà. Je vous propose une fouille archéologique clandestine. Ici, derrière la porte cochère, nous avons une cour intérieure qui donnerait au chantier toute la discrétion voulue. La préfecture de police ne nous embêtera pas: j'y ai toujours de vieux amis. On creuse encore des dizaines de tunnels sous le mur. De l'Est à l'Ouest, ce qui présente d'ailleurs plus de risques que notre projet, puisque nous n'aurions aucunement l'intention de ressortir à l'air libre, mais de rester dans la crypte, sous la zone soviétique. Nous pourrions prétexter que nous creusons la villa, pour y aménager une discothèque. Qui portera le nom de Fürherbunker, tout comme l'ancien refuge d'Hitler situé tout près. Ça donnera des frissons aux touristes, et même aux Berlinois. Les barmen s'y déguiseront en Adolf, avec des tuniques à croix de fer et de petites moustaches. On jouera du heavy metal.

«Fifty-fifty?», demanda Christophe. «Dans les dépenses comme dans les profits?»

Schuppmann ne les suivait plus à bord de la Mercedes. Christophe se demanda pourquoi, puis haussa les épaules. Ils notèrent le numéro de l'agence sur le panneau de location et ils se rendirent au café du coin pour y téléphoner. Le propriétaire exigeait un bail de trois mois, à deux mille marks par mois, le tout payable d'avance. Ils s'installèrent dans un coin avec une bière. Deux griffons déployaient leurs ailes protectrices sur les bouteilles du bar. La petite serveuse vêtue d'un jumpsuit mauve faisait mine de boxer un client; sur l'écran géant, l'héroïne d'un feuilleton lançait un appel de détresse sur son CB. Trop tard: sa camionnette tombait et explosait au fond d'un ravin. Une cliente bronzée à l'UVA posait son jean sale sur un tabouret et commandait une «pils» pendant que des cuvettes de w.c. se parlaient en remuant leur siège comme des mâchoires.

Voilà. Ils avaient trouvé leur base d'opération. Ils faisaient des calculs: cinq cents mètres à parcourir, vingt dollars du mètre de tunnel. Au total: vingt mille dollars, dont la moitié pour Christophe. Toute sa fortune. Il lui faudrait ouvrir un compte dans une banque de Berlin.

«Nous pourrions nous associer en formant une société...», dit Hofer.

«Que nous appellerions Eckel und Schmidt, Import-Export», lança Christophe, qui se méfiait toujours de son compagnon. Mais en entendant le nom de la société qui avait cherché à acheter le Helgoland, l'autre ne broncha pas. «Le nom importe peu», dit-il, sans lever les yeux de la feuille où il avait commencé à dresser la liste du matériel requis.

À ce moment, le visage défait, Fatima entra dans la salle, minuscule à côté de l'immense Schuppmann qui la tenait par le coude.

«Vous connaissez cette femme?», demanda-t-il à Christophe.

«Oui. Laissez-la!»

Le chauffeur interrogea muettement son patron qui cligna lentement des yeux en signe d'acquiescement. Fatima vint se blottir contre Christophe qui s'était levé et mesurait Schuppmann du regard.

«Il ne t'a pas fait mal?», demanda-t-il.

Elle secoua la tête négativement et sourit avec bravoure.

«Excusez-moi, mademoiselle, dit Hofer. J'ai remarqué que vous nous suiviez depuis le restaurant tout à l'heure. J'ai voulu savoir pourquoi. Ici, en Allemagne, avec tous ces terroristes, les hommes d'affaires doivent exercer une certaine prudence. Venez vous asseoir avec nous, je vous en prie.»

Christophe hésita. Vingt ans plus tôt, il aurait sans réfléchir tenté de fracasser sa chaise sur la casquette noire du chauffeur. Mais Fatima allégea l'atmosphère en répondant à Hofer.

«Christophe m'a engagée comme guide et interprète. Je ne voulais pas troubler le caractère privé de votre rencontre, mais je n'ai pas réalisé que mon comportement pouvait sembler suspect. Je m'appelle Fatima.»

Christophe fit les présentations et ils se retrouvèrent tous les quatre autour de la table de chêne massif.

«Istanbul?», demanda Hofer.

«Non. Ankara.»

«Ah? Vous savez qui a dessiné les plans de votre ville? Le Berlinois Jansen, dont Speer s'est inspiré pour la nouvelle chancellerie d'Hitler. Elle s'élevait exactement où nous sommes en ce moment. Monsieur Chénier et moi avons décidé de nous associer pour pratiquer des fouilles d'intérêt historique dans le quartier. Nous aurons besoin de quelques ouvriers. Vous ne connaîtriez pas des compatriotes que cela intéresserait? Nous paierons comptant et sans poser de questions.»

«Je peux vous fournir quelques noms.»

«Très bien. Vous verrez cela avec Christophe. Vous logerez à pied d'œuvre, dans la pension. Nous réaliserons ainsi des économies.»

«Violeur de tombeaux!» Cette insulte des archéologues égyptiens contre les pillards de pharaons, Christophe se l'adressait tandis que se poursuivait la conversation sur l'organisation pratique du futur chantier. Sous ce dallage que balayait avec de la sciure de bois une serveuse noire endormie, se cachaient peut-être des traces irréfutables de son passé passablement désintégré au vent des trahisons. Il ressentait la même excitation fébrile, incontrôlable, que lors de ses attentats. À présent il ne défiait plus l'État fédéral canadien, mais les quatre puissances d'occupation de Berlin. Pour une raison futile et microscopique devant l'histoire: connaître le sort de ses parents. Et l'identité de leur assassin. Lequel vivait toujours, et riait dans sa barbe, pour peu qu'il en arborât une, plutôt qu'un visage glabre comme celui de Hofer.

«Si nos recherches aboutissent avant la Foire du livre de Francfort en octobre, déclara l'éditeur, nous pourrions noliser un avion pour les clients sérieux et leur faire visiter le Führerbunker. Quand on leur donne des frissons, les Américains sortent vite leur chéquier.»

Fatima se remettait lentement de la frayeur que Schuppmann lui avait causée en la saisissant par le bras, tandis qu'elle attendait devant le café. Elle avait cru qu'il s'agissait d'un contrôle policier, jusqu'à ce qu'il l'eut entraînée dans la petite salle, devant le vieil homme dont le regard opaque lui fit courir un scorpion sur la nuque.

Quand Hofer les quitta, Christophe se précipita à l'urinoir du café. Oppressé, il s'aspergea le front d'eau. Les deux robinets du lavabo portaient chacune la lettre H, gravée cursivement dans le nickel avec de baroques fioritures, indiquant ainsi faussement par ces abréviations H H (heiss, heiss) deux jets d'eau chaude. En se peignant, il ne se reconnaissait plus, comme s'il portait un masque sinistre. Il pensait que le point faible de toutes les histoires de pacte avec le diable, c'est qu'elles supposaient que le prince du mensonge se présentait sous son véritable nom.

5

La pension abandonnée que Christophe et Hofer louèrent à compter du 2 septembre se dressait à cinquante mètres du mur, à cinq cents mètres de la place Potsdamer, et, sous elle, du Führerbunker; au milieu d'un terrain vague plein de baignoires de fonte qui naviguaient sous les réverbères. Par précaution contre le vandalisme, de solides planches barricadaient les fenêtres, sauf au quatrième et dernier étage. Le jour pénétrait dans les chambres uniquement par la cour intérieure, d'où s'élevait, à droite du passage menant à la porte cochère, l'escalier en colimaçon éclairé par un puits de lumière.

Christophe s'était installé avec Fatima sous les combles, dans une pièce vide et résonante. Un store vénitien le cachait du garde dans le mirador, de l'autre côté du mur. Souvent il observait, avec des jumelles, les voitures officielles qui traversaient la frontière Est-Ouest à Checkpoint Charlie, ou les convois militaires américains qui suivaient le mur: des dizaines de camions, de jeeps, de remorques hérissés d'antennes, chargés de containers, couverts de bâches de camouflage avec des chiffres écrits à la craie. À Radio-Moscou, une voix féminine et française parlait avec un débit monotone des «étudiants palestiniens qui ont défilé dans les rues de Jérusalem en scandant des slogans exigeant le départ immédiat des forces d'occupation».

À part quelques lourds meubles d'acajou éraillé, de style bauhaus, il ne restait ici que des dizaines de milliers de livres de poche, sans aucune valeur, de la bibliothèque du propriétaire décédé. Partout, dans les couloirs, la salle à manger lambrissée de chêne, les chambres et même sur les murs de l'escalier, les grimoires s'alignaient dans une poussière aussi fine que celle qui recouvrit Pompéi avant le déferlement de la lave.

Il avait mal fermé le rideau de la cabine des douches, et l'eau giclait sur les tuiles du parquet où le plafonnier effaçait presque les premières lueurs de l'aube. Il ne trouvait pas les serviettes; il les avait sans doute lancées au fond d'un placard, où leur odeur de moisi finirait par attirer son attention. Pour l'instant il s'essuyait avec son peignoir. Quand il sortit de la salle de bains, sa montre se désembua: six heures. Déjà un premier autobus poussait son meuglement.

Pour ne pas réveiller Fatima qui continuait à dormir, il s'habilla dans l'obscurité, sachant où se trouvaient les vêtements autour de lui. Un homme d'ordre. Il descendit l'escalier et se retrouva dans la cour, où, pour l'instant, ils pouvaient facilement dissimuler la terre provenant de l'excavation.

La pluie arrosait l'Opel noire de Christophe,

ainsi que les outils dispersés de chaque côté du puits recouvert d'un prélart. Accroupi sur une pile de bois équarri, Abdoul attendait en fumant une cigarette, une pelle à la main. Sa tuque noire enfoncée aux oreilles, il fredonnait en arabe. «Patron, nous avons creusé cinquante mètres hier. Tu es content?», demanda-t-il. «Où sont les autres?» «Ils arrivent tout de suite.»

«Les Turcs ne comprennent que les coups de pied au cul!», déclara Schuppmann d'une voix précise et tranchante. Il habitait avec eux pour veiller aux intérêts de Hofer, avec qui il communiquait chaque jour par téléphone. Torse nu et puissant, il se mouchait debout sur le seuil de l'ancienne loge du concierge, où il dormait au milieu de ses haltères, qu'il ne cessait de soulever et d'étreindre suivant la chorégraphie du culturisme, dans laquelle l'acier remplace la femme comme partenaire. Il avait donné des explications à une patrouille de police quelques jours plus tôt, mais sa contribution au chantier s'arrêtait là: il avait horreur du travail physique qui aurait abîmé ses mains étonnamment blanches et délicates.

Abdoul cracha dans sa direction et se leva à l'arrivée de Sélim, le filiforme guitariste, et de Saïf, le camionneur moustachu. Ils enlevèrent la bâche, découvrant ainsi l'échelle et le puits qui conduisaient à l'extrémité du tunnel. Dans leur avance vers le Fürhrerbunker, ils progressaient maintenant sous la zone défendue par les mitrailleuses à détection acoustique qui au moindre bruit lançaient des cubes d'acier. Avec leurs pelles, ils creusaient frénétiquement pour dix marks le mètre. Le sol sablonneux ne

s'éboulait pas. Ils pataugeaient dans plusieurs centimètres d'eau. Il faisait froid, humide. Ils attrapaient
des rhumes avec fièvre. Christophe lui-même souffrait
d'une laryngite. Quand il flanchait et s'évanouissait,
les autres le tiraient par les pieds pour le ramener à
l'échelle, au bas du puits.

Ils se relayaient d'heure en heure. Abdoul, qui
avait un camarade aux abattoirs, s'y était procuré des
bacs en fer-blanc pour transporter les boyaux. Chaque bac pouvait contenir cent cinquante livres de
sable et de boue. Le terrassier dégageait la terre avec
une pelle et l'entassait dans les bacs. Il devait en
remplir quinze avant de céder sa place au suivant.
Parfois ils entendaient les Vopos patrouiller au-dessus
d'eux et ils s'arrêtaient. Ils portaient tous des jeans et
des chemisettes, malgré le froid glacial.

Le soir, Fatima lui disait qu'il sentait la terre, das
Erd, dans sa langue qu'elle promenait sur son ventre
volcanique, salive laissant une traînée de vapeur sous
son nombril. Il jouissait, son sperme coulait dans le
tunnel, activant les travaux de terrassement, se lançant comme un acide à l'assaut des derniers obstacles,
le séparant de la matrice illuminée où Hitler continuait de gratter sa plume sur des cahiers lignés
achetés à Vienne avec son ami Kubizek, alors que déjà
il rêvait de construire un nouvel opéra pour la ville de
Linz, mais le sol rattrapait Christophe de ses dents
d'acier, il n'arrivait plus à remuer cette terre frigide.

Fatima s'inquiétait. Christophe aimait trop cette
terre et ce silence autour de lui. Il renonçait peu à peu
au monde des vivants pour le royaume des morts.

«Tu m'amènes demain au Canada?», demandait-elle en s'accoudant avec lui à la fenêtre de la chambre. Elle imaginait que le mur devant eux encadrait un immense miroir qui leur renvoyait l'image inversée de la ville, réflétant les tours, les autos, les bus, les déformant à peine, les ralentissant, les imprégnant d'un silence qui rappelait la campagne, sous la pointe bulbeuse de la tour de la télévision de la DDR, comme si Berlin tout entier était un programme diffusé en permanence dans les cerveaux.

Elle lui parlait doucement, dans ce français qu'elle avait commencé à apprendre de lui: sons murmurés, chuchotés contre l'oreille de la nuit. «Aucune parole n'est sensée, pas même la plus humble, la plus rassurante. Elles tremblent toutes d'inquiétude, répétant je ne suis pas mort, non, pas encore, puisque je parle.»

Dehors il pleuvait, le vent chassait contre le mur les journaux que les voisins paresseux avaient laissés à leur porte. Les nouvelles se promenaient vite, comme on dit, et on voyait la photo d'un terroriste en première page, avec la mention d'une promesse de récompense. Christophe reconnut Abdoul. Personne ne ramassa le cahier qui tomba ensuite dans une flaque où l'encre se dilua.

Toujours fidèle à sa promesse de publier la chronique du chantier, Hofer lui avait prêté un micro-ordinateur pour transmettre directement au réviseur sa description de la découverte du Führerbunker. Quand Christophe se mettait au clavier, il lui semblait écrire sous la torture. Un tremblement le traversait, un coup d'épée lui ouvrait l'abdomen, il n'arrivait plus à respirer. Alors Fatima s'agenouillait devant sa blessure, l'embrassait, la pansait. Berlin ne supportait pas qu'on glapisse ainsi devant son mur. Ils faisaient l'amour. Quelle machine! Tout en contacts, en souffles, en poids et contrepoids, avec les yeux fermés. La chambre qui basculait sous sa nuque renversée.

Fatima Nursi sentait que son amant québécois lui échappait, non pas aux mains parfumées d'une autre femme, mais dans les prestiges douteux de la mort, qui, collée aux semelles de Christophe et, sous ses ongles, ses cheveux et, lui semblait-il, derrière son regard éteint et absent, répandait maintenant jusque dans leur lit une odeur de boue fétide. Elle qui avait su se battre pour les droits des Kurdes et des femmes, sur qui pesaient huit condamnations judiciaires totalisant quarante-cinq années de prison, restait sans recours devant cette mélancolie qu'elle sentait inspirée par le passé de Christophe — en creusant ainsi le sol maternel de Berlin, ne cherchait-il pas à remonter le cours du temps jusqu'au moment de sa naissance, de sa séparation d'avec cette Lizbeth dont il n'avait aucun souvenir?

Et quand elle lui demandait de décrire son pays autant pour le distraire que pour se renseigner, elle, sur cette Amérique où elle songeait à se réfugier à la fin de septembre, quand les autorités allemandes chercheraient à la déporter vers Ankara — il lui parlait des bancs de neige que ses compatriotes devaient déblayer pour circuler. «La neige, ce n'est rien, du néant que nous passons notre vie à déplacer entre deux courts étés. Notre seul palais national est le château de Glace du carnaval de Québec.»

Et il lui citait des poètes fous, des romanciers

suicidés, tous chantres de ce peuple dont depuis la défaite une moitié accusait l'autre de trahison. Le soleil chauffait la Spree patrouillée par les canonnières de la RDA, et où se miraient les miradors. Elle regardait son visage travaillé par la pensée, ridé autour des lèvres, celui d'un séducteur qui refuse de vieillir.

Il avait espéré s'accoucher lui-même dans la lumière crue de l'être, avec les forceps de son esprit; mais il cédait au vertige du vide, inspiré par la plus grande absence d'histoire de la planète.

«Was ist Kebek: ein Mus oder ein Muss? Une marmelade ou une nécessité?, demandait-il en ricanant. Mon père croyait que nous étions des vaincus. Mais il n'y a pas eu de défaite, parce qu'il n'y a pas eu de bataille. Et pas de bataille, parce qu'il n'y avait pas de pays à défendre.»

Que pouvait-elle lui répondre? Elle sentait bien que seuls des actes le toucheraient. Le soir, ils se groupaient dans la cour intérieure, autour d'un feu, sous le rectangle étoilé que découpaient les gouttières de plomb. Sélim-le-filiforme jouait sa guitare; Saïf-le-moustachu racontait ses courses folles sur la route Téhéran-Ankara, dans les montagnes où les paysans rançonnaient les camionneurs en les obligeant à payer une «assurance» contre les pare-brise brisés et les pneus crevés; Abdoul, l'ingénieur-terrassier recherché par la police, calculait combien de poutres de soutènement il leur faudrait pour le lendemain.

Ils parlaient dans la langue bâtarde de leur groupe. D'Ankara. Des «Loups Gris», les fascistes turcs. De baklava, de shish kebab, de fromage de chèvre, du Prophète. Mais surtout du Helgoland.

Fatima participait aux travaux en dispersant les bacs de terre à travers les pièces du rez-de-chaussée. Deux fois par jour, elle leur apportait des Big Mac dans leur sarcophage de polystyrène. Ils souffraient tous de crampes à l'estomac.

Un après-midi Christophe n'eut plus la force de continuer et il rentra plus tôt que prévu. Il découvrit Fatima debout au centre de leur chambre, nue, les mains attachées derrière le dos, avec autour du cou une corde fixée à une poutre du plafond, ce qui l'obligeait à se hisser sur la pointe des pieds pour ne pas s'étrangler. Il lui enleva ses liens ainsi que la serviette qui lui serrait la bouche et l'empêchait de cracher la balle de ping-pong qui la bâillonnait.

«Schuppmann?»

Il était entré quand elle sortait de la douche, enveloppée de la serviette. Il avait insisté pour l'essuyer. Les autres ne l'entendraient pas du fond du tunnel. Elle lui avait obéi, jusqu'à se retrouver ficelée dans cette position. Et finalement il s'était contenté de la regarder en silence. Puis il était parti en disant qu'il revenait tout de suite.

Seul dans son gymnase improvisé — qui sentait le vernis et la sueur — Schuppmann repoussait avec ses muscles d'invisibles images. Les autres faisaient pareil. Chacun perdu dans ses pensées, à souffrir pour elles. Chaque mouvement, répulsion ou attraction, coûtait de l'énergie. Sa pensée s'écroulait. Nirvâna athlétique. Il n'avait plus à se totaliser dans la synthèse esthético-rationnelle d'un je. Il soulevait ses haltères pour réaliser l'impossible transcendance. Hystérie stérile qui hurlait silencieusement.

La guerre totale régnait sur les couvertures des magazines de Schuppmann où des SS cravachaient des femmes qui obéissaient docilement, en faisant claquer leurs mules, leur robe de chambre ouverte sur leur soutien-gorge.

Il écoutait du rock et n'entendit pas Christophe venir. Les mains saupoudrées de poudre de craie, il s'était couché sur un banc, empoignant un haltère posé sur deux fourches derrière sa tête pour exécuter un développé. Christophe l'empêcha de ramener le poids-soutenu en porte-à-faux par les triceps — au-dessus de sa poitrine et de bloquer les coudes. Dans cette position, une pression tranquille de son pouce exerçait une force supérieure à celle de tout le colosse, pouffant et rougissant.

La barre lui frôla le nez et s'écrasa sur ses dents dont l'émail crissa sous l'acier guilloché. Dans un sursaut, il roula la barre jusqu'à sa gorge où elle lui écrasa la trachée: guidon pour tordre son crâne dans tous les sens. Son visage cramoisi grimaça. La pitié saisit Christophe devant ce guignol aux fils coupés, aux mains de guimauve cramponnées aux siennes et il le laissa retrouver son souffle. Derrière eux, les Turcs, couverts de boue, étaient entrés et Abdoul pointait un couteau.

«Heraus!», cria-t-il à l'Allemand.

Dans la rue déserte qui menait au mur, Schuppmann se retourna vers eux, qui attendaient qu'il montât dans sa BMW noire, et les bras tournés vers l'extérieur, les mains jointes à la hauteur de sa ceinture, il gonfla ses pectoraux et ses trapèzes dans une crispation hideuse qui gagna son visage sanglant. Puis il enfila sa chemise noire et disparut.

Le temps fraîchissait, le soleil déclinait derrière un lacet du mur. Un graffiti: «Seele Mörderer». Assassin d'âme. Le vol des flamants roses des nuages. Et le pigeon mort, au coin de la rue, Dieu, Theos, Deus, pensait Christophe, c'est partout toujours toi qui n'apparais pas. N'était-il pas le fils de son père, l'incarnation de l'esprit, la fin et le début de l'homme?

Ils empilèrent sur le trottoir, devant la porte, les plaques trouées des haltères, les plus lourdes dessous, en deux tours d'acier coniques. Puis au téléphone, Christophe raconta l'incident à Hofer et lui annonça que Schuppmann n'avait plus sa place parmi eux.

«Il ne voulait que s'amuser!», répondit l'autre. «Vous n'auriez pas dû me le renvoyer pour si peu. Qui va me représenter sur le chantier?»

Christophe raccrocha. Dans la cour, les Turcs se regroupaient en silence.

«Herr Hofer, leur annonça-t-il, vient de m'informer qu'il cessait de financer le chantier. Je n'ai donc pas le choix. Je dois vous renvoyer.»

C'est le moment que choisit Fatima pour descendre l'escalier et se ranger avec ses compatriotes.

6

Une fois seul, Christophe releva la bâche qui masquait l'entrée du puits et il descendit. Au-dessus de sa tête, le béton avait craqué. Sur plus de vingt mètres. Le souffle rauque, brûlant de l'artillerie soviétique. Mais le Fürher, lui, dormait tranquille. Deux étages plus bas.

En haut, ils avaient des systèmes d'écoute aux ultra-sons. Silence! Pas de marteau pneumatique. Des pelles et des paniers d'osier. Comme tous les perceurs de tunnels clandestins. Brusquement son pic, qu'il tenait au-dessus de la tête, frappa une matière aussi dure que le roc. Il leva les yeux devant lui et, à la lueur de sa lampe, il aperçut une surface unie et régulière. En touchant, il vérifia qu'il s'agissait bien de béton. Le toit du bunker avait six mètres d'épaisseur, mais les parois latérales, comme celle-ci, guère plus de cinquante centimètres.

Il récupéra un flacon d'acide sulphurique dont il aspergea le mur. D'un chiffon, il se protégea le bas du visage des émanations puant les œufs pourris. Puis il attaqua. Couché sur le dos, les voies respiratoires et les yeux brûlés par le sulphure.

Soudain, la barre d'acier lui glissa entre les doigts: elle venait de rencontrer le vide. Il élargit la blessure dans les flancs du dragon couché là depuis quarante ans. Bientôt il arrivait à passer le torse dans l'ouverture. Il se trouvait à mi-hauteur d'un mur recouvert de tuiles de Frise, bleues et crasseuses. Il se tourna sur le ventre et se laissa tomber sur le sol souillé de cendre noire.

Il visita une trentaine de pièces très basses, reliées par des couloirs étroits, peints d'un brun rouille, envahis par la moisissure. Il reconnut les quartiers privés du chancelier: trois grandes chambres groupées autour d'une toilette et d'une salle de bains.

Il se promenait dans un labyrinthe vide. Avant de dynamiter les voies d'accès, les Russes avaient tout enlevé: plomberie, canalisations électriques, mobilier. L'escalier en spirale vers l'étage supérieur était bloqué par un éboulis. La terre reprenait peu à peu le vide auquel commandaient encore les spectres de Berlin.

L'immensité de ces lieux rendait difficile la découverte du bunker secret vers la Spree, sous les autres, connus des historiens et qui conduisaient au ministère des Affaires étrangères, au jardin, à la nouvelle chancellerie et à la tour de garde protégeant la bouche du système d'aération. La fissure qui divise l'Est et l'Ouest passait exactement au-dessus de sa tête. Il se laissa glisser à terre, prisonnier des battements de son cœur, dans l'odeur de rats crevés, à contempler les reflets de sa lampe d'acétylène sur les agrafes métalliques de ses bottes.

Statue sans artifices ni orifices pour parler, manger, rien qui entrait ou sortait, pleine jusque sous la calotte crânienne, et dure et froide. Il chavirait à la barre du Helgoland, le lièvre souriait contre la nuit de Berlin, il sortit sa montre et se donna rendez-vous dans mille ans. Il avait oublié les dés qui aboliraient le hasard, il griffait le ventre de la Prusse, il césarisait l'Allemagne, lui arrachait son César mille fois plus mort qu'un dieu.

Il ramassa d'un coup de balais son visage tombé dans la poussière, et il retourna dans sa chambre devant l'ordinateur prêté par Hofer, la disquette tournait — cliquetis, ronronnements — et le texte apparaissait à l'écran. L'absence de manuscrit rendait caduque toute analyse graphologique. Ces mots digitalisés, magnétisés, électronisés appartenaient en fait à un microprocesseur 8086, breveté à Palo Alto.

Baladeur aux oreilles. Au centre du labyrinthe, le Bouddha rouge baisait la déesse Kali. Dehors, un éboueur hurlait en frappant la benne du camion où il venait de vider les poubelles. Cette histoire, il la raconterait jusqu'au bout. Comme du bronze, il se laisserait couler dans le moule du récit. Œdipe informatique, il menait ses dialogues avec le Sphynx à écran devant lui.

Le téléphone sonna. C'était Hofer. «Comme vous ne m'avez pas permis de laisser Schuppmann sur les lieux pour surveiller mes intérêts, j'ai invité chez moi votre gentille amie, Fatima. Je crois qu'elle s'ennuie de vous. Alors prévenez-moi dès la fin des travaux. Oui, je sais que les ouvriers turcs vous ont quitté. Mais Schuppmann me dit que vous êtes très fort. Alors courage... Et n'oubliez pas de me faire le récit par écrit de vos exploits. Je tiens à vous publier.»

Chénier enfila ses gants de travail pour éviter les échardes. L'humidité et le froid le prenaient à la gorge. À demi accroupi, il avançait dans la galerie éclairée par des ampoules à tous les dix mètres, en prenant garde aux poutres de soutènement et au fil électrique tendu d'une traverse à l'autre.

Ses bottes faisaient un bruit de succion dans le sol argileux. Bientôt il lui fallait ramper. Plus de rallonges ici pour les ampoules électriques. Il s'éclairait avec sa lampe de poche. Dans la caverne de Platon, à côté du tombeau d'Hitler, le froid des glaciers l'engourdissait. À sa mort, rien ne changerait: le monde resterait tel quel. La caméra continuerait à tourner. Alors pourquoi avait-t-il peur? Simplement: la peur c'était lui.

Dans un miroir fixé au mur du Führerbunker, il découvrit des dents. Son squelette lui sourit et le regarda. Le voici dans le bureau. Derrière ces frises? Ils auraient couvert de ciment les joints, ce qui expliquerait la surréaliste bétonnière sur les photos prises par les Russes à leur arrivée.

Il ne pouvait pas employer d'explosifs, ce qui retarda singulièrement son travail. Dehors, il faisait nuit. Il ne s'arrêtait que pour boire un peu du café qu'il avait apporté dans un thermos. Il élargissait l'ouverture avec un pic d'alpiniste. Ses coups sur le mur commencèrent à sonner creux. Vers deux heures du matin, il réussit à se glisser dans une crypte que traversaient deux tiges d'acier enfoncées dans le bloc qui s'imbriquait parfaitement dans le mur derrière lui.

Sur le sol, sa lampe découvrit un rectangle de ténèbres. On avait tiré l'échelle qui permettait de s'enfoncer dans ce trou et on l'avait appuyée contre le mur. Il la laissa glisser jusqu'à ce qu'elle touche le fond. Il compta les marches à voix haute. «Cinquante!» L'écho lui renvoya ce chiffre au terme de sa descente. Il se trouvait à l'entrée d'un lieu très vaste: sa lampe s'y perdait sans toucher l'autre côté. Au-dessus, elle illuminait une voûte arrondie, d'où pendaient des stalactites ocre. De partout lui parvenaient des odeurs de plantes qui pourrissaient, de viandes rances: la digestion de la terre.

Quelques pas, d'abord sur une argile spongieuse, puis sur du sable fin où ses bottes laissèrent en crissant des empreintes de boue. Son épaule gauche heurta un obstacle: il recula pour contempler une génératrice d'électricité. Il coupa les gros fils caoutchoutés et revint quelques minutes plus tard du tunnel avec une rallonge montée sur un dévidoir. Dès qu'il eut terminé le raccordement de la dynamo, quelques étincelles jaillirent et les turbines se mirent à tourner avec un ronflement profond et cahoteux d'abord, puis, à mesure qu'elles prenaient de la vitesse et que l'huile sous pression se répandait dans le moteur, avec un sifflement régulier et aigu.

Des projecteurs de DCA s'allumèrent, faibles et gagnant en intensité, convergeant sur un chalet tyrolien, avec un toit cathédrale et un balcon soutenu par des poutres de chêne, construit contre une paroi de la grotte, en haut d'une pente à faible inclinaison, sur une fondation de béton. Un haut-parleur fit entendre les premières mesures de la Chevauchée des Walkyries.

Il fouilla tous les recoins de la grotte sans découvrir une issue. Le lac s'avérait à l'examen une rivière dont le cours souterrain s'élargissait, puis s'enfonçait sous un éboulis de pierres qui bloquait l'entrée d'un tunnel vers la Spree, qu'on aurait pu remonter avec le canot pneumatique à bord duquel Christophe se mit à avancer, le torse projeté hors de la poupe, fouillant l'eau transparente, où il ne trouvait nul squelette.

Il revint vers le chalet qui se reflétait dans le lac. Il entra dans la salle à manger: sur un guéridon encombré de boîtes de conserve vides, un gramophone jouait toujours du Wagner.

Un crayon à mine était posé sur deux cahiers dont la couverture noire gondolait dans l'humidité. Il ouvrit le premier qui commençait ainsi: «J'ai décidé de ne plus attendre le moment opportun pour parler. Parce qu'il ne se présentera sans doute jamais.»

Il lui fallut un temps très long pour finir sa lecture. Quand il eut terminé, il consulta machinalement l'horloge dont le coucou pendait au-dessus du comptoir de la cuisine regorgeant de conserves, puis il se souvint qu'elle ne fonctionnait plus depuis plus de quarante ans.

«On dirait vraiment que le temps s'est arrêté ici, n'est-ce pas, cher associé?», lança Hofer qui, précédé de Schuppmann, venait d'entrer sur la pointe des pieds dans le chalet. Le Kebek Gauleiter. Pâle et tremblant. Semblable au personnage décrit par von Chénier: perché sur un balcon du Château Frontenac comme un vampire s'apprêtant à s'envoler, le menton brandi au-dessus d'une foule de Québécois agitant des fanions à croix gammées. En gothique sur les intertitres, ses répliques tressautaient dans l'obscurité.

«Où est Fatima?», demanda Christophe.

«Elle se repose à ma villa... Je vous en veux un peu de ne pas m'avoir invité à l'ouverture de la crypte. Ne devions-nous pas partager les artefacts découverts par ces fouilles? Vous permettez que je lise ces cahiers après vous?»

Il s'assit en soupirant dans un fauteuil qui faillit s'écrouler sous lui. Schuppmann lui apporta les deux manuscrits. Feuilletant le premier, il lança après quelques secondes: «Quatre millions de marks!» Mais l'autre texte sembla le surprendre. Il le tourna et le retourna dans ses mains, déchiffrant des passages ici et là. Après un long moment, il se carra contre le dossier et dit:

«Ainsi vous savez déjà qui je suis. Dommage, j'aurais aimé vous faire la surprise. Seulement, ce manuscrit de votre père laisse quelques questions en suspens. J'aurai donc le plaisir de les éclaircir pour vous.»

Il se leva, ouvrit une bouteille à l'étiquette moisie, et emplit de vodka deux flûtes en cristal de Bohême taillées au monogramme AH, posées à l'envers sur une crédence Bauhaus. Hofer et Schuppmann firent cul sec. Christophe sortit un calepin et le crayon laissé là par son père, et commença à prendre des notes.

«Quand la sortie de secours a sauté, le Führer n'avait plus vraiment le choix. Votre père a tué Adolf Hitler. En l'obligeant à se suicider. Nous avons rattrapé Friedrich, le frère de votre chère Lizbeth. Il a payé.

Vos parents, je les ai simplement abandonnés ici, pour leur laisser mesurer l'étendue des dégâts qu'ils avaient causés. Ensuite j'ai navigué avec ces microfilms qui, je croyais, contenaient les écrits de notre chef, vers le Canada, pour m'occuper de votre oncle Perceval. Mais là encore votre père m'avait trahi. Quand je les ai récupérés le mois dernier, grâce à notre ami commun O'Reilly, j'ai vu qu'ils ne contenaient que des documents sans intérêt. Mais les voici... enfin!»

Il frappa le cahier qu'il serrait contre sa poitrine. «Grâce à vous! À votre acharnement. Vous m'êtes sympathique, Herr Chénier! À une autre époque, nous aurions pu travailler ensemble. Mais je vous prierais de ne pas noter ce que je dis.»

Obstinément, Christophe baissa la tête et continua à griffonner. Hofer claqua des doigts. Schuppmann s'avança, immense. «Schuppmann, explique à monsieur...» Sans un mot, l'autre arracha le crayon et le planta dans la paume droite de Christophe. Vibrant dans la chair, comme la flèche d'un Sébastien. Il se l'arracha, le sang se mit à couler. La pointe de la mine s'était cassée et restait sous la chair.

«Permettez, cher ami, que je vous explique ma méthode comme je le fis jadis à votre père. Vos ennemis, vous les attaquez impitoyablement, vous les sondez pour trouver leur point faible, puis vous enfoncez le stylo avec précision au défaut de la cuirasse, sans oublier de dire, avec un sourire amical, 'Excusez-moi, cher voisin, mais je ne puis faire autrement!' Voilà cette fameuse vengeance dont on dit que c'est un plat qui se mange froid.»

Sans ajouter un mot, il sortit du chalet tyrolien avec Schuppmann et se dirigea à l'autre extrémité de la grotte, vers l'échelle de la passerelle d'acier. Une fois parvenu là-haut, il se retourna et lança à Christophe qui les avait suivis de loin:

«L'explosion, tout à l'heure, sera celle du tunnel vers la pension. Pour l'instant je vous laisse l'électricité. Profitez-en pour écouter du Wagner.»

Et Schuppmann retira l'échelle. Christophe essaya en vain d'arracher le dard noir de la mine près de sa ligne de vie. Le fragment continuait à s'enfoncer. Douleur qui lui traversait le bras. Plomb qui se diluait dans son sang comme le texte de son père qui se fût incarné en lui.

Malgré un léger délire et la souffrance qui le pliait en deux, il gardait intacte la lame de la raison, le tranchant qui continuait à fendre la réalité devant lui, à conserver son intégrité entre les deux moitiés de l'étau. Soudain, il se rendit compte que l'explosion annoncée n'avait toujours pas eu lieu. Glissant sous son blouson le cahier de son père, il entreprit d'escalader un des pylônes d'acier qui supportait la passerelle. Son cœur battait à tout rompre.

Il se mit à courir, notant au passage les bâtons de dynamite qu'on avait disposés à l'entrée du bunker, mais que Hofer n'avait pas fait détoner. Quand il émergea dans la cour intérieure, il comprit pourquoi.

Alourdi par la pluie qui avait imbibé son manteau de feutre marron, Schuppmann reposait sur le dos, à découvert du toit en surplomb de la cour intérieure. Christophe se pencha vers lui et le secoua. Il reconnut l'odeur de chlore du hoferium. Rigor mortis. Hofer avait dû préparer la vodka euthanasique tout à l'heure. Pour demeurer seul propriétaire du cahier.

La montée de la mort avait sans doute été pure jouissance pour Schuppmann, si on en jugeait au large sourire qui lui découvrait les dents et lui donnait l'air de savourer une énorme blague. Mais pourquoi Hofer avait-il négligé de faire sauter le tunnel derrière lui?

Il tira Schuppmann par les chevilles. Ses mâchoires se refermèrent dans le vide. L'occiput râcla le gravier, y traçant un sillon sablonneux jusqu'à côté du puits. La pluie redoubla, rendant le terrain encore plus glissant.

Plantant ses pieds de chaque côté du torse de l'autre, il s'accroupit pour saisir les revers de son manteau. Son souffle s'embuait. Pliant les biceps, il arracha le cadavre du sol, puis le lança devant lui. Un plouf sonore indiqua qu'il venait d'atteindre le fond de l'entrée inondée du tunnel vingt mètres plus bas. Il retira l'échelle.

L'averse avait cessé. Dans quelques mois les bulldozers raseraient cet hôtel abandonné. Et on édifierait sur cet emplacement un gigantesque Musée de la civilisation allemande. En creusant les fondations, on tomberait peut-être sur ce cadavre, mais le sous-sol de Berlin en était plein. Dans le carré lavande où s'effilochaient des nuages, le soleil refit son apparition, frappant obliquement les fenêtres du dernier étage, et les transformant en miroirs. Sur un de ces carreaux, il aperçut soudain le reflet furtif d'un visage, comme un éclair blanc.

Quelqu'un se cachait dans une chambre sous le toit d'ardoise, en haut de l'escalier. Hofer? Quelqu'un qui l'observait sans doute depuis longtemps, mais qui ne pourrait l'éviter quand il monterait à sa rencontre, même pas en se sauvant par une fenêtre de la façade qu'obstruaient de solides panneaux de contre-plaqué. Sans hâte, il suivit le passage voûté en arche, surmonté de cartouches de pierre avec l'aigle prussien en bas-relief, qui menait à la porte cochère formée de deux lourds vantaux qu'il verrouilla, puis il commença l'escalade des marches en colimaçon.

Étrangement calme. Fallait-il un meurtre pour l'apaiser? Oui, mais un seul, celui précisément qu'il s'apprêtait à commettre. Une exécution plutôt, décrétée par le jury des victimes appelées d'outre-tombe à témoigner par ses patientes recherches d'enquêteur solitaire.

À chaque palier, il fermait à clef le couloir qui menait aux appartements. Partout l'odeur de plâtre moisi et de terre humide avait remplacé les relents de choucroute. Il grelottait. Il enleva ses bottes de caoutchouc. Une estafilade à la cuisse gauche lui raidissait la jambe et l'obligeait à marcher en pivotant sur la hanche droite.

Il épiait le silence de l'immeuble vide: grincement d'un volet sur son gond, choc mat d'un pigeon se posant près des gouttières, mugissement du vent sous le faitage. Les contremarches semblaient se rapprocher en un seul mur vertical, où seules les tringles de cuivre tordues entre les œillères dorées indiquaient l'endroit où poser les pieds. Au dernier étage, il avança difficilement dans le couloir qui paraissait grimper selon une courbe exponentielle jusqu'à la porte de son logis: éraflée, grise et mauve, percée d'un judas. Un point au plexus lui pliait le torse.

Il imaginait Hofer vautré dans son fauteuil à oreillette, prêt à le mitrailler à travers le panneau de bois dès qu'il verrait la poignée tourner. Il mourrait l'arme à la main. Le Walhalla le recevrait. Il ouvrit d'un coup de coude. Au bout de sa ligne de tir, il trouva son père, assis dans la chaise boiteuse, devant l'ordinateur. Christophe le reconnut à ses photos, car de leur brève rencontre à Paspébiac, en 1943, ne restaient que des mots prononcés dans une langue étrangère sur la grève, alors que surgissait des ténèbres de la baie un canot pneumatique manœuvré par deux marins et un officier de la Kriegsmarine.

À la lueur de l'écran cathodique, le rouquin de vingt-cinq ans avait l'aspect d'un Pierrot lunaire. Il portait l'uniforme blanc galonné d'or du ministère de la Propagande. Il chantonnait en pianotant sur le clavier. De la cigarette qui pendait au coin de sa bouche tombait de la cendre, si dangereuse pour les circuits logiques des puces.

Christophe se leva et s'approcha pour lire ce que l'autre écrivait.

«Je termine ce récit pour toi. Tu voulais savoir ce qui nous était arrivé, à ta mère et à moi. Nous nous sommes sauvés. Elle a réussi à rejoindre son frère. Dans la confusion de ces derniers instants, la discipline s'effritait. Le Führer s'était finalement suicidé. Les hommes qui étaient chargés de me garder et de surveiller l'entrée de la rivière souterraine avaient déserté leur poste en canots pneumatiques. Ils ont failli tomber sur Friedrich et Lizbeth qui arrivaient en sens inverse.»

Confortablement vautré dans son fauteuil, il avait posé ses chaussettes sur l'appui de la fenêtre. Il lui tournait le dos et il parlait avec l'accent de la ville de Québec. Un rien agaçant, avec ses crispations de mâchoire, son reflet dans la vitre à côté du sien.

«Ils ont laissé passer la patrouille sans souffler mot. Puis ils ont remonté le courant jusqu'au lac. Ils m'ont appelé et je suis sorti de ma cachette. Il ne nous restait qu'à faire sauter le tunnel derrière nous. Pauvre Friedrich: une balle perdue quand nous traversions les lignes américaines! Nous avons abouti au Portugal, puis au Venezuela. Nous ne pouvions plus rentrer au pays. Tout le monde me prenait encore pour un traître. »

Il dévissa le thermos funéraire que Christophe avait apporté de Montréal et répandit les cendres de Virgina sur les flammes qui crépitaient dans le foyer.

«Arrête de pleurer. Tu n'es pas seul. Moi ton père, moi ta raison, je vais m'occuper de toi. Ne crains rien. Je t'aime. Je ne vais pas te commander de te détruire. Je vais te bercer quand tu gémiras. T'éclairer dans les ténèbres. Tu me crois fou de revenir d'entre les morts pour te parler ainsi, distinctement, à voix haute. Puisqu'il faut crier pour que tu m'entendes, je le ferai. Je ne suis pas un dieu jaloux, qui cache sa face dans les nuages. Je comprends ton désespoir, et que tu me maudisses. Mais quand la mort sera là, toute proche, tu entendras encore ma voix. Je te consolerai. Je t'apprendrai que tu es ton propre père, et ton propre fils. Tu n'as à souffrir d'aucune flamme, d'aucun enfer. Et nous reforgerons la chaîne démaillée, brisée, de tous les fils avec tous les pères.»

«Couche-toi, ta mère va t'apporter des aspirines.» Ce récit n'était que mensonges: Lizbeth était morte avec von Chénier, durant la bataille de Berlin, dans des circonstances qu'il n'éluciderait jamais.

Pourtant il obéit. Il ferma les yeux. Il entendit l'eau du robinet couler, puis le choc de talons hauts sur le parquet. Une main froide lui toucha le front. «Mais tu es brûlant! Tiens, avale!» Il entendit une explosion sourde qui faisait vibrer le sol. Il se souleva sur les coudes et aperçut Fatima qui lui tendait un comprimé. «Cette explosion, qu'est-ce que c'était?»

«Va voir dans la cour.» Il entrouvrit les rideaux de la lucarne: un épais nuage de poussière s'élevait du puits du tunnel.

«Que fais-tu ici?»

«Hofer m'avait enfermée dans sa villa. J'ai eu peur, mais il est resté courtois. Abdoul et Saïf ont attendu qu'il s'en aille avec Schuppmann et ils sont venus me délivrer. Quand je suis revenue ici, tu délirais dans la chambre, couvert de boue. Les djinns voulaient que tu les rejoignes. Il fallait que la terre se referme, comme une plaie qui guérit. Alors il y a eu un accident! Le tunnel n'était pas très solide... C'est toi qui as tué Schuppmann?»

Sa petite Hittite des profondes gorges anatoliennes l'arrachait aux monstres, par son seul sourire. Au pas montrable, qui hurlait et se contorsionnait. Qui coulait comme un magma sous le masque du visage.

Le lendemain, il écrivit une dernière fois à l'aide

de l'ordinateur prêté par Hofer. Ensuite, il posta la disquette contenant son récit et celui de son père à un éditeur de Berlin. Peut-être publierait-on leur petite musique, les deux ou trois pas qu'ils avaient pu faire avec un peu de grâce, sans singer personne, en écoutant leur rythme à eux.

Il s'aspergea le bas du visage d'une eau brûlante, puis il l'enduisit de la mousse «plus près en douceur». La lame sur sa peau: séismographe de ses états d'âme. En ce dimanche de l'Action de Grâce, il réussit à se raser pour la première fois depuis des mois sans la moindre éraflure. Puis il jeta l'ordinateur Sperry au fond du puits qu'Abdoul recouvrit de terre méticuleusement.

«Il faut attraper le grand loup gris par la queue», dit-il. À bord de l'Opel, il se rendit dans le quartier cossu, près de l'Université libre de Berlin. Il ferma sans bruit la portière. Les deux lions de pierre à l'entrée du jardin de la villa de Hofer étaient recouverts d'une bâche de chanvre pour l'hiver. Entre Sirius qui brillait au-dessus de la toiture d'ardoise et le Mauser, une arme de précision à lunette qui pesait lourdement sur son épaule, il devinait un lien occulte.

Il avança sous le balcon à colonnade de marbre. Derrière les fenêtres entrouvertes, violemment éclairées par un lustre de cristal, Hofer botté et casqué dans son son ancien uniforme noir. Il était seul devant le miroir au-dessus du foyer.

La cellule von Chénier punissait les ennemis du peuple, ses gauleiters, même imaginaires. La violence révolutionnaire allait recoudre l'histoire déchirée par le hasard. Christophe entendit Hofer qui déclamait:

«Hélas, père et mère, patrie, pluie diluvienne, rafales, hurlements ne sont qu'une illusion. À quoi cela sert-il de s'y attacher? À quoi sert-il d'en avoir peur? Ce serait regarder ce qui n'a pas d'existence comme en ayant une.»

Pour un assassin, sa victime n'a pas de forme, pensait Hofer, en se souvenant de l'agonie de Schuppmann. Pour la voir, il lui suffit de fermer les yeux et de ne plus penser. Un vide qui se creuse et qui aspire, voilà ce qu'elle est. Seuls les mots donnent une apparence de forme à ce chaos rêvé par la nuit. Mouvement brownien des yeux. Dernière poussée de vie sur tréfonds d'abîme. Si tout allait plus vite, tout serait déjà terminé.

Et ces morts qui défilaient en rangs de plus en plus serrés, à mesure que l'histoire les accumulait. Comment la vérité pouvait-elle naître sur des lèvres, ces muscles à vif qui bougeaient par simples tics, que rien n'arrêtait, aucun blasphème répugnant, aucun nom de dieu ou de diable? Dans tous les sens, en chœur, elles tissaient une toile au-dessus du vide à coups de succions, grimaces, sourires. Toujours la glotte poussant, bloquant, soufflant. Rien de binaire.

Des bibles de Juifs. Code qui sécrétait l'ambiguïté, qui permettait une infinité de positions entre le oui et le non. Mais tout à l'heure, il remettrait une nouvelle bible à un représentant de Hermann Antiqua, accouru de Munich avec un chèque visé de quatre millions de marks. De quoi vivre luxueusement jusqu'à quatre-vingt-dix ans.

Sous leurs peaux de pêche, pensait-il, les hommes sont tous des monstres, guettant le moment des gorges découvertes, des visages offerts dans un sourire, la seconde où la garde s'abaisse pour frapper avec la précision et la vitesse d'une vipère, pour injecter leur poison: les mots. Dès qu'ils le peuvent: morsure, emprise, hypnose, délire. Je te veux, te domine. Je ne dis rien d'autre. Pas de langage, seulement des coups et des parades.

Il entendit une carabine qu'on armait. Soudain il constata l'embrouille, le piège, le désastre qui allait l'accabler. Dans l'ombre, de l'autre côté de la fenêtre française, surgit le visage de Christophe. Sa bouche un peu figée, comme anesthésiée, grimaçait et découvrait des dents encore intactes, mais dont l'émail s'était usé. Les yeux se plissaient en visant avec le Luger muni d'un silencieux.

Hofer voulait l'exhorter d'une voix douce à continuer ses recherches. Qui est vraiment ton père? Pourquoi t'ai-je épargné tout à l'heure à la pension? Que s'est-il passé au juste entre Lizbeth et moi, lors de son passage à Washington, en 1938, un an avant ta naissance? Il voulait inventer un dernier mensonge. Auquel il croyait un peu lui-même, puisqu'il avait épargné Christophe. Mais il n'en eut pas le loisir. Déjà l'autre appuyait sur la détente. Le temps d'une phrase seulement:

«Ich bin dein Vater!», cria-t-il.

Je suis ton père. Soufflé de l'intérieur. Trépanation complète, le cerveau à l'air dans la boîte crânienne. Le monde se montrait à nu. Illuminé par sa mort. Car pour arrêter Christophe, il avait choisi les mauvais mots, ceux qui rappelaient au vieil héros sa rencontre avec von Chénier, sur cette plage de la baie des Chaleurs, juste avant que le canot pneumatique l'emportât vers le sous-marin. Il s'était baissé et lui avait murmuré dans l'oreille cette même phrase, dont Christophe n'avait pas compris le sens.

Mais maintenant il se souvenait et il comprenait. Non, pensa Christophe. Ni celui-ci ni l'autre, Perceval. Ni l'Anglais ni l'Allemand. Mais Chénier. Son père qu'il choisissait en vidant le chargeur à travers les carreaux.

En mourant, en se revêtant comme d'un suaire des voilages avant de culbuter sur le tapis de haute laine, l'autre avait murmuré encore quelques mots en allemand. Mais Christophe ne l'avait pas écouté. Passant la main à travers la vitre fracassée, il ouvrit le loquet et entra. Les cahiers d'Hitler se trouvaient posés sur le chambranle de la cheminée, ouverts sur un lutrin comme un texte sacré. Sans hésitation, il les jeta dans les flammes.

Typographie et mise en pages: MacGRAPH, Montréal
Achevé d'imprimer en août 1988, par
Métropole Litho, à Montréal.